D1723244

Wie können wir erkennen, dass uns das Schicksal die Hand reicht?

David hat Job und Wohnung gekündigt, das Flugticket in der Tasche und den Aktenkoffer voller Geld. Fünfzehn lange Jahre der Vorbereitung liegen hinter ihm. Da ruft die siebzehnjährige Nicole an und behauptet, er sei ihr Vater.

Zähneknirschend und grübelnd erwartet David in der leeren Wohnung das Eintreffen der vermeintlichen Tochter. Davon unbeeindruckt zieht die attraktive Nachmieterin Angelina ein ...

Die desillusionierte, verheiratete Maria hat den alten Pietro bis zu dessen Tod gepflegt und sein heruntergekommenes Hotel geführt. Alessandro reist aus Italien an, um seinen Großvater zu beerdigen. Er ist von Maria fasziniert und macht ihr den Hof. Maria ist verwirrt. Sie begeht eine Dummheit, die beide in Gefahr bringt ...

Während sich die Geschichten der Protagonisten ineinander verstricken, funken ein eifersüchtiger Totengräber, ein Maskierter mit Waffe und ein durchgeknallter Weltverbesserer dazwischen – schließlich geht es um Liebe, Geld und durchkreuzte Pläne.

Eine, nein, zwei außergewöhnliche Liebesgeschichten.
Mit Tempo und Tiefgang. Und einer Messerspitze Humor.

Tom Növe (Pseudonym), in Hannover geboren, arbeitet in der Werbebranche und gestaltet seit vielen Jahren Zeitschriften und Magazine, für die er auch journalistisch tätig ist. Über das Lesen und das Rezensieren von Büchern, hat er die Liebe zum Schreiben entdeckt.

Tom Növe

Querverkehr

Liebe, Geld, durchkreuzte Pläne

Roman

Bibliografische Information der Deutschen Nationalbibliothek
Die Deutsche Nationalbibliothek verzeichnet diese Publikation
in der Deutschen Nationalbibliografie; detaillierte bibliografische Daten
sind im Internet über http://dnb.d-nb.de abrufbar.

Herstellung und Verlag: Books on Demand GmbH, Norderstedt
ISBN 978-3-8391-8898-9

Inhalt

Von sehr weit her,
wie weit entfernt,
kamst du …
kamst du mir vor,
kamst du mir
kreuz und quer.

DAVID

Er hätte sich selbst erwürgen können. Geradezu unbarmherzig machte sie sich aus dem Staub. Regelrecht hochnäsig flog sie davon. Mit einer widerlichen Leichtigkeit, mit einer arroganten Selbstverständlichkeit. Gleichzeitig kehrte eine erdrückende Last in seinen Körper zurück, die alte, quälende Hypothek. Fünfzehn Jahre hatte er auf diesen Tag hingearbeitet. *Fünfzehn Jahre!* Er hatte nichts dem Zufall überlassen, die Vergangenheit restlos ausradiert. Sogar der Himmel tat sich auf an diesem Morgen, an dem endlich sein Leben beginnen sollte. Seit Wochen die gleiche rosafarbene Brühe, Tag und Nacht, und dann waren tatsächlich Löcher aufgebrochen.

Ein unwirkliches, türkises Licht verschluckte die Maschine. Die Wolken schoben sich wieder ineinander. Er zerfetzte das Ticket und ließ es wie Schneeflocken auf sich herabrieseln. Ging in die Hocke und vergrub sein Gesicht in den Händen. Wenn er doch nur den verdammten Anruf aus dem Kopf bekäme! Bis zum Flughafen hatte er sich eingeredet, dass es sich um einen schlechten Scherz handeln müsse.

David lag bäuchlings auf dem Boden und starrte auf das Telefon, das vor einer Ewigkeit verstummt war. Und nun das! Wieso hatte er sich einen Anrufbeantworter aufschwatzen lassen? Und wofür? Die Familie war ausgestorben, seine Freunde interessierten sich schon lange nicht mehr für ihn und mit den Kollegen – einer misstrauischer als der andere – verbrachte er mehr Zeit als nötig. Trotzdem hatte er jeden Abend, sobald er von der Arbeit nach Hause kam, auf das Display geschaut – anfangs voller Erwartung, später aus Gewohnheit.

Warum musste ausgerechnet gestern ...?

Zunächst war es ihm gelungen, jedes einzelne Wort aus seinen Gedanken zu tilgen. Nichts und niemand hätte ihn zurückhalten können. Er war mit Reisetasche und Aktenkoffer ins Taxi gestiegen und zum Flughafen gefahren. Und dann, dann rief plötzlich ein kleines Kind nach seinem Vater. »Papa«, rief es. »Papa«, schrie es mit verquollenen Augen. Die riesige Halle, die rastlosen Menschen – und niemand nahm Notiz von dem verzweifelten, alleingelassenen Kind.

Er drückte die Wiedergabetaste und zuckte ein weiteres Mal zusammen, als die Nachricht abrupt endete. Am Abend vor der geplanten Abreise die erste Mitteilung überhaupt und die Scheißkiste blockierte! »Ich dachte mir, dass wir uns am ...« Schluss. Aus. Sie wollte sich mit ihm treffen. Nur, wann und wo?

Völlig absurd: Unversehens war er Vater geworden. Ein Missverständnis. Was sonst? Theoretisch war es natürlich möglich.

»Hier ist Nicole. Deine Tochter. War ganz schön schwierig, dich zu finden. Hast nichts von mir gewusst, oder? Ich auch nicht von dir. Erst jetzt, wo Mutter tot ist ... Dachte mir, dass wir uns am ...«

Die Stimme einer jungen Frau. Älter als fünfzehn, jünger als zwanzig, schätzte er und suchte nach einem Anhaltspunkt. Doch das Archiv seiner sentimentalen Erinnerungen war ein einziger Trümmerhaufen – namenlose Gesichter, konturlose Körper – und verbarg sich hinter mühevoll errichteten Mauern, an denen er um keinen Preis rütteln wollte. Mauern, die zu bröckeln begannen, denn er dachte bereits an *sie*. Mauern, die jäh zusammenstürzten, denn wie hätte er *sie* vergessen können?! *Ihr war alles zuzutrauen.*

Die Briefe! Sie schrieb lange Briefe. Als sie noch nicht zusammenlebten. Er hatte fast alle aufgehoben. Auch den letzten. *Vor allem den letzten!*

Er kramte das Päckchen aus der Reisetasche, das sauber verschnürt all die Jahre im Banksafe zwischen den Wertpapieren gelegen hatte. Damit er nicht in Versuchung kam. Und um ihr möglicherweise irgendwann nachzugeben und weiter nach einem Hinweis zu suchen, der ihm entgangen war. Der Anruf warf ein neues Licht auf die Geschehnisse. Er zog den Brief aus dem Umschlag. Den letzten. Er sah sich in der leer geräumten Wohnung um. Wie damals.

Liebe macht verletzlich. Ich habe dich viel zu sehr geliebt. Was bekommst du eigentlich mit? Such nicht nach mir. Tu mir wenigstens den einen Gefallen. Ich muss gehen. Muss! Es gibt keinen anderen Weg. Veronika.

Wie lange hatte er sich das Hirn zermartert, um zu verstehen! Liebe *macht* verletzlich. Liebe macht blind und taub. Und manchmal stumm.

Wie sollte es nun weitergehen? Er konnte nicht zwischen den Zeilen lesen, er fand keinen Hinweis. Wenn sie schwanger war, warum hatte sie ihn dann verlassen?

Draußen unverändert rosarote Suppe. Ohne Uhr konnte man glatt das Zeitgefühl verlieren. Mit dem Brief in der Hand schlief David neben dem Telefon ein.

Henri, der eigentlich Heinrich hieß, konnte weder Spiegeleier braten noch brachte er einen ausgewachsenen Kaffee zustande.

»Einen strammen Max für Tisch drei und ein Pils für Tisch fünf.« Die Serviererin – dem Tonfall nach zu urteilen, seine Frau – hielt ihn auf Trab. Der arme Henri hetzte sich in der Küche ab.

David schob die wabbelige Masse zur Seite. Blätterte flüchtig in der Tageszeitung. Vor dem Café lauerten heruntergekommene, neidische Typen, drückten ihre Nasen an der Fensterscheibe platt und glotzten gierig auf seinen Teller.

Die Arbeitslosenquote betrug fünfunddreißig Prozent. Er dachte an seinen Aktenkoffer. Er hatte es sich hart erarbeitet. Ein neuer Anfang war alles, was er sich wünschte. Sein Aktenkoffer! Zu lange durfte er nicht unbeaufsichtigt bleiben.

Display auf null. Kein neues Lebenszeichen von ihr. Möglicherweise wartete sie irgendwo auf ihn. Ein Treffpunkt, den sie ihm vorgeschlagen hatte, ohne zu bemerken, dass der Anrufbeantworter das einseitige Gespräch bereits beendet hatte. Sie würde sich wieder melden.

Er wusch sich die Haare. Das Wasser wurde zusehends gelber und roch nach Desinfektionsmitteln. Der Dreck drehte sich im Kreis, war wie Freund und Feind gefangen unter der Dunstglocke, die sich über die Stadt gestülpt hatte.

Um die Zeit zu überbrücken, zählte er die Scheine. Rief sich das verblüffte Gesicht des Kassierers ins Gedächtnis, die ungläubigen Augen, die schiefe Nase mit der unansehnlichen Warze. »Das ist immerhin ein ziemlicher Batzen Geld. Sie können damit unmöglich allein nach Hause gehen. Ich begleite Sie gern. Sicher ist sicher.«

Was verstand der Junge in seinem Alter schon davon? Wieviel Tropfen Schweiß er gelassen, worauf er alles verzichtet hatte. Das schwarze Köfferchen war von diesem Augenblick an fest mit David verwachsen. Wer es ihm abnehmen wollte, der musste ihn töten.

Er hatte sie alle überrascht. Wer kündigte schon von selbst seinen Job? Wer konnte so dämlich sein?

Fünf Tage gab er ihr. Nein, vier. Das war großzügig genug in seiner Lage.

David hasste leere Räume.

Bereits der Anblick von kahlen Wänden kann alte Wunden aufreißen, Veronika ... Ein Meisterstück, zugegeben. So was lässt sich nur von langer Hand planen. Die Wohnung innerhalb von zwölf Stunden leer zu räumen, völlig leer, das ist mehr als abgebrüht. Nichts als einen Brief auf dem Fußboden vorzufinden, das ist, das ist ...

Er schlug mit der Faust gegen die Wand. Jede weitere Sekunde, die er festsaß, versetzte ihn mehr und mehr in Rage.

Bei dem Wetter war es fraglich, ob jemals wieder Flugzeuge starten würden. Violette Nebelwände. Es wurde immer bizarrer. Die kleinen Fluggesellschaften waren längst insolvent und die Preise kletterten unaufhörlich in die Höhe. Das nächste Ticket kostete das Doppelte oder das Vierfache, wer konnte das schon voraussagen?

Drei Tage maximal ... Wozu brauche ich eine Tochter? Gerade jetzt. Es wird sich als Irrtum herausstellen, als eine Verwechslung.

Es klingelte! Das musste sie sein. Es klingelte nie an der Tür. Wie sah er überhaupt aus? Er fingerte das Hemd in die Hose, brachte die Frisur in Ordnung, drückte den Knopf, mit dem sich die Haustür öffnen ließ, zählte bis zehn und machte auf. Niemand da. Beim Versuch, den Lichtschalter zu finden, trat er auf einen Zettel, hob ihn auf und las, was darauf geschrieben stand: *Jesu Christi ist auferstanden! Der Jüngste Tag ist nah!*

Die angespannten Verhältnisse raubten immer mehr Leuten den Verstand. Er zerknüllte den Schrieb und pfefferte ihn das Treppenhaus hinunter.

David ging auf den Balkon und nahm sich eine Büchse aus dem Behelfskühlschrank, den er aus dem Karton vom Einkauf gebaut hatte. Mitte Juli und das Bier schmeckte nach Eiswürfeln. Die Sonne war da, wo er hinwollte.

Du brauchst niemandem Rechenschaft abzulegen. Du hast nie irgendwen um Hilfe gebeten. Du bist nichts schuldig geblieben. Vor allem Veronika. Drei Tage. Mehr nicht!

Ob sie Ähnlichkeit mit ihm hatte? Oder mehr mit ihr? Wenn

er wenigstens ein Foto von Veronika aufgehoben hätte. Es war einfach zu lange her. Ihr Gesicht ... Er hatte es gelöscht. Nein, er wünschte, es wäre so.

Angenommen, sie ist wirklich meine Tochter, überlegte er, angenommen, sie ist einigermaßen umgänglich, was spricht dagegen, sie mitzunehmen? Alles, einfach alles. Ich werde ihr Geld geben. Wenn sie sich ein Bild von ihrem Vater gemacht hat, wird sie zufrieden sein und wieder gehen.

Zu stickig in der Wohnung. Zu eng. Er zog etwas Warmes über, Anrufbeantworter auf *Telefon*, Zettel an die Tür: *Bin gleich wieder da.*

Was für eine Waschküche! Nur nicht die Orientierung verlieren! Nur nicht zu weit entfernen. Er hangelte sich, wie in einem Irrgarten, mit einer Hand an den Häusern entlang. Sollte es sich noch mehr verdichten, wird keiner mehr den Supermarkt finden.

Er lehnte sich an etwas Metallisches und verschnaufte. Tastete sich weiter voran. Die dünne Luft brannte ihm in der Kehle. Jemand rempelte ihn an und erschreckte ihn zu Tode. Er war zu unvorsichtig. Schnell zurück!

Wenn er zumindest ein Radio hätte. Die Stille, der Nebel, das Warten – alles war bedrückend. Vor allem die leere Wohnung!

Sobald es aufklart, versorge ich mich mit Vorräten. Für höchstens drei Tage. Der Aktenkoffer ... Ist es besser, wenn ich ihn bei mir trage? Oder soll ihn zu Hause lassen? Ihm brummte der Schädel.

Du wolltest, dass wir uns nie wiedersehen. Es ist dir gelungen, Veronika. Absolut. Hast mich fast umgebracht. Hast mich totgeschwiegen, und nun vererbst du mir deine Tochter, meine Tochter ... Späte Rache? Konntest du dein Geheimnis nicht mit ins Grab nehmen? Du bist so rigoros gegangen, ohne Vorwarnung – mit unserem Kind in deinem Bauch. Ab dem Zeitpunkt war es ganz allein deine Sache!

Nur Veronika brachte so etwas fertig. Zweifelsohne.

Er klappte beide Flügel der Balkontür auf. Verdammte Hitze. Nahezu tropisch. Eine Luftfeuchtigkeit wie in einem Schwimmbad. Vor wenigen Stunden noch Raureif auf der Bierbüchse und jetzt floss die Butter aus der provisorischen Kühlbox. Was sie wohl in den Nachrichten verkündeten? Sie konnten doch nicht regungslos zuschauen.

Trotz des Fahrverbots stank es nach Auspuffgasen. Krankenwagen bewegten sich wie kurzsichtige Schnecken vorwärts. Es war einfach nichts mehr zu sehen. Da konnte er lange warten. Bis Nicole ...

Was für ein Geräusch? Jemand machte sich an der Eingangstür zu schaffen! Er nahm den Aktenkoffer, schloss sich im Badezimmer ein und lauschte. Eine Frau, die vor sich hin redete, spazierte durch seine Wohnung.

David versteckte das Geld in der Nische hinter der Wanne und wagte sich heraus.

Als erstes betrachtete er ihren Hintern. Sie kniete auf dem Boden und streckte ihm ihr Hinterteil entgegen.

»Darf ich fragen, wonach Sie suchen?«

Die Frau erschrak und kullerte auf die Seite.

»Wer sind Sie?«, erkundigte sich David in einem Tonfall, der nicht nur seinem Erstaunen Ausdruck verlieh, sondern sie gleichfalls, Missverständnissen von vornherein vorbeugend, zur unerwünschten Person erklärte.

»Das würde ich von Ihnen auch gern wissen.«

»Ich wohne hier«, sagte er entrüstet.

»Das kann nicht sein, hier wohne *ich!*«, behauptete sie unverfroren.

Sie schnellte in die Höhe und baute sich selbstbewusst vor ihm auf. Ihre Augen blitzten angriffslustig.

»Komisch, dass Sie mir bislang nicht aufgefallen sind, in meiner Wohnung.«

»Und wie erklären Sie sich, dass ich einen Schlüssel für diese Wohnung habe?«, fragte sie ihn herausfordernd.

»Und was sagen Sie dazu, dass ich mich bereits in dieser Wohnung befinde?«, konterte er.

»Sie könnten ein Einbrecher sein. Was weiß denn ich?«

David registrierte, dass sie so nicht weiterkamen. Sie hatte tatsächlich einen Schlüssel.

»Ich wohne in diesem Haus, in diesen Räumen, seit fünfzehn Jahren.«

»Etwas spartanisch eingerichtet. Finden Sie nicht auch?«

Sie deutete mit einem Nicken hinter sich.

»Ich ziehe aus. In gewissem Sinne.«

»Dann sind wir uns ja einig.«

Sie hob ihren Zollstock auf und vermaß die Fenster.

»Stellen Sie sich dumm? Ich wäre schon längst weg. Es ist etwas dazwischengekommen. Mein Mietvertrag läuft noch bis Ende des Monats. Wir haben den Dreizehnten.«

»Der Vermieter hat mir versichert: Am Zwölften ist der Kerl raus. Sie können dann sofort ihre Sachen reinräumen.«

»Mir hat er nichts davon gesagt. Und überhaupt, sie kommen hier einfach an ohne Voranmeldung. Ohne sich die Wohnung vorher anzusehen.«

»In einer Mansarde ist man den Sternen näher. So habe ich sofort zugeschlagen. Mit emotionalen Entscheidungen bin ich bislang gut gefahren. Außerdem drängte es. Nun, Sie haben Ihren Kram gepackt. Was mich angeht – ich muss noch einiges vorbereiten.«

»Sie nerven. Sie *nerven!*«

Schon rutschte sie wieder auf dem Boden herum, schmiss den Zollstock durch die Gegend und kritzelte wichtigtuerisch ihre Ergebnisse auf einen Block. Verlegte sie zum ersten Mal in ihrem Leben einen Teppich oder konstruierte sie eine Pyramide?

»Gut. Bleiben wir sachlich. In spätestens vier Tagen mache

ich den Abflug. Bis dahin will ich Sie nicht mehr sehen. Danach können Sie hier schalten und walten wie Sie wollen.“

»Diese Hitze ...«

Sie setzte sich auf und wischte den Schweiß von der Stirn. Bediente sich, weil ihr nichts Besseres einfiel, eines Reflexes, für den er durchaus empfänglich war, warf sich geschmeidig ins Hohlkreuz und ließ ihrem verschwitzten T-Shirt mithilfe ansehnlicher Brüste gewinnende Ausdruckskraft zuteil werden. War sie mit ihrem Latein am Ende? Hielt sie ihn für völlig bescheuert? Wie dem auch sei: Sie brachte ihn aus dem Konzept.

Nach einigen weiteren Verrenkungen, fuhr sie unbeirrt mit den Planungen fort.

»Wir sind uns also einig?«, hakte er betont freundlich nach.

»In weniger als vierundzwanzig Stunden kommen meine Möbel.«

»Das geht auf gar keinen Fall! Und überhaupt, haben Sie bemerkt, dass die Stadt *lahmgelegt* ist? Haben Sie mal versucht, auf dem Weg hierher ihre Füße zu sehen? Ist Ihnen aufgefallen, dass in dieser Milchtunke kein Auto mehr fährt? Kein normales Auto mehr fahren darf.«

»Umso besser. Dann gibt es wenigstens keinen Stau.«

»Sie sind nicht nur dreist, sondern auch ...«

»Halten Sie endlich mal die Luft an«, fuhr sie ihm über den Mund. »Sagen Sie mir lieber, warum die Badezimmertür klemmt.« Nebenbei hebelte sie grob an der Klinke herum.

»Vielleicht ist die Badezimmertür abgeschlossen?!«

»Öffnen Sie sie, bitte!«

»Nein!«

»Morgen«, sie atmete tief ein, »wenn ich mit den Männern, die mit dem Transporter für mich durch diese ungemütliche Tunke da draußen fahren werden, meine neue Wohnung betrete, dann wünsche ich, dass das Bad frei zugänglich ist!«

»Dass ich nicht lache! Die Verrückten, die, sollten sie überhaupt ihr Auto *finden*, für ihr Gerümpel Kopf und Kragen riskieren, möchte ich sehen.«

Es waren vier. Ihre Klamotten qualmten, als wenn Räucherstäbchen in den Taschen und Knopflöchern steckten. Sie schleppten immer mehr Smog mit nach oben.

»Wer ist denn das?«, wollte einer von ihnen wissen.

»Das ist der Geist vom Vormieter, ignoriert ihn ganz einfach.«

Schlagfertigkeit gehörte zweifelsohne zu ihren hervorstechenden Fähigkeiten. Und während die anderen schufteten, gab sie Anweisungen, lobte und dankte und trieb die Männer an, wenn einer den Anschein machte, dass er aus den Latschen kippte.

Zuckerbrot und Peitsche. Das alte Spiel. Mach dich nur lustig über mich. *Wer* sich hier lächerlich macht, wird sich noch herausstellen, amüsierte sich David.

Im Treppenhaus quälten sie sich mit der Waschmaschine. Da baute sich das Biest in bekannter Manier vor ihm auf, warf die rostroten Locken in den Nacken und versuchte, sich bei ihm einzuschmeicheln.

»Haben Sie wirklich die Nacht auf dem harten Fußboden verbracht, Sie Ärmster?«

»Auf einem harten Boden ist man der Realität näher.«

»Ich weiß aus der Zeit, als man draußen noch was sehen konnte«, scherzte sie, »dass ein paar Straßen weiter eine nette Pension mit dem Namen …«

»Lassen Sie das Gewäsch!«, unterbrach er sie. »Ich habe wiederholt zum Ausdruck gebracht, dass ich beabsichtige, noch vier Tage zu bleiben. Höchstens. Dann verschwinde ich auf Nimmerwiedersehen.«

»Ich bezahle Ihnen das Zimmer. Mit Dusche und Farbfernseher, wenn es sein muss.«

»Hören Sie auf, mit den Augen zu klimpern. Ignorieren Sie mich einfach.«

»Angelina-Baby, macht der Fritze Schwierigkeiten?«

Einer der Möbelpacker hatte widerliche Koteletten, das hätte auch jeder andere gefunden, und seine Hände von hinten um ihre Hüften geschwungen. Er wühlte mit der Nase in ihren Haaren und sah David feindselig an.

»Vergiss es, Georg. Hilf mir, das Geschirr einzuräumen. Und nimm bitte deine Hände weg.«

Auf dem Weg in die Küche machte sie sich zaghaft los, doch er hing wie ein Klammeraffe an ihr.

Irgendwann waren sie fertig mit dem Geräume. David hatte seinen Platz am Telefon eingenommen, nicht unweit von einem dunkelroten Sofa. Sobald sie nicht aufpasste, würde er es sich darauf gemütlich machen.

»Willst du etwa die Nacht mit dem Fritzen unter einem Dach verbringen? Das finde ich nicht in Ordnung, ehrlich nicht. Ein Wort von dir, und ich schmeiße den raus! Scheiße, ich sollte besser hierbleiben.«

Sie brauchte eine halbe Stunde, um Georg, der sich echt Sorgen machte, aus der Tür zu schieben.

Endlich kehrte Ruhe ein. Fahles Licht, diffus und unwirklich kroch über den neu verlegten Teppich. David und Angelina-Baby saßen einander gegenüber im gedämpften, unwirklichen Licht – in einem Abstand von fünf Metern. Sie an der Wand auf dem Flur, den Kopf zur Seite geneigt, die Augen geschlossen, die Lippen leicht geöffnet. Er ans Sofa gelehnt, sie über die Schulter hinweg durch den Türrahmen hindurch betrachtend. Erschöpft am Boden war sie ihm wesentlich sympathischer als vorhin, wo sie sich drahtig in die Schlacht warf und ihn in eine Pension abschieben wollte. Ihre Gesichtszüge hatten sich entspannt, ließen sogar einen Hauch von Sinnlichkeit erkennen, der David trotz allem beeindruckte und mild stimmte.

Er nickte kurz ein. Als er die Augen aufschlug, war die Wand auf dem Flur kalt und uninteressant. Angelina-Baby war schlafen gegangen.

Ihre Anwesenheit war immer noch zu spüren. Die Wohnung hatte sich verändert, nicht nur äußerlich. Eine warme Schwingung, ein zartes Vibrieren – es war schwer zu benennen.

Er stellte sich vor, neben ihr zu liegen – seine Hand auf ihrer Brust ... der sanfte Takt ihrer Atemzüge –, gab sich seinen Phantasien hin. Sie war nur der Auslöser sentimentaler Gefühle, die zu nichts führten, und konnte ihm kaum gefährlich werden. In den paar Tagen sowieso nicht. Auf die zickige Art und Weise, mit der sie in ausgeruhtem Zustand auf ihn losging, erst recht nicht. Er hatte auf vieles verzichtet, um endlich die Früchte seiner Arbeit, die Früchte seiner Entsagungen zu ernten. Er war kurz vorm Ziel.

David träumte, dass er in einem Propellerflugzeug über saftigen Wiesen kreiste, auf denen Büffel grasten, bis ihn der Maschinenlärm seines Doppeldeckers an einen verstopften Staubsauger erinnerte und er aufwachte.

Das machte sie mit Absicht. War es denn zu fassen?!

»Finden Sie das lustig?«

Sie hörte ihn nicht oder tat jedenfalls so. Als er auf dem Sofa herumhüpfte, zog sie den Stecker.

»Auch schon wach?«

»Jetzt ja!«

»Schlecht geschlafen?«

Das Zimmer strahlte. Ein Umstand, den er nicht auf die Reinigungstätigkeit von Angelina-Baby zurückführte. Er rieb sich die Augen und torkelte zum Balkon. Zartgelbe Sahnewölkchen schwebten vorüber. Musik erklang von gegenüber, aus einem Fenster der Häuser, die sich wieder blicken ließen. Der Mief hatte ein Ventil gefunden. Noch zu früh, um Entwarnung zu geben, aber ein Hoffnungsschimmer war das allemal.

»Haben Sie den Lufthauch eben bemerkt? Bald wird der Spuk vorbei sein. Ich habe schon gedacht, es geht mit uns zu Ende, wir ersticken alle«, verriet sie ihm, während sie die Wolkendecke nach Sonnenstrahlen absuchte und er ihren makellosen Hals studierte.

Gleichzeitig senkten sie den Blick auf seinen Behelfskühlschrank, der in einer Lache aus geschmolzener Butter zusammengebrochen war.

»In der Kanne auf dem Küchentisch ist Kaffee, und ein Brötchen dürfte auch noch rumliegen«, erbarmte sie sich.

»Sie sammeln Pluspunkte. In Anbetracht der Lage nehme ich Ihr Angebot an.«

»Und übrigens täte es uns beiden gut, wenn Sie sich ein wenig frisch machten. Das Raumklima wird sich schlagartig verbessern.«

Er zog ihr einen Punkt ab, obwohl er ihr zustimmte.

Die blauen Badekugeln, die sie ihm in die Hand gedrückt hatte, färbten das Wasser lindgrün. Die Duftstoffe überdeckten den Chemiegeruch nur dürftig. Hoffentlich löste er sich nicht auf.

Wird sie kommen? Wenn sie es sich anders überlegt hat, auch gut ... Sie müsste siebzehn sein. Ich war damals siebenundzwanzig. Sie wird herausfinden wollen, was für ein Mensch ich bin. Was für ein Mensch ich war. Wird versuchen, die Leere zu füllen, die ich durch meine Abwesenheit hinterlassen habe. Sie will dieses Loch mit dem Titel ‚Mein unbekannter Vater' mit einem möglichst positiven Bild stopfen. Fragen über Fragen werden auf mich niederprasseln. Dabei gibt es wenig zu erzählen. Sie wird enttäuscht sein. Was habe ich schon vollbracht? Einen Koffer mit Geldscheinen gefüllt. Und geträumt. Alles andere gestrichen, vergessen, beerdigt. Mein Bedürfnis, in der Vergangenheit zu graben, hält sich in Grenzen.

Angelina-Baby stürmte das Bad.

»Wo ist bloß der bescheuerte Lippenstift abgeblieben?«

»Muss ich mich verbarrikadieren, um vor Ihnen sicher zu sein? Ich liege in der Wanne, wie Sie sehen!«

»Darauf kann ich keine Rücksicht nehmen. Ich hab's eilig.«

Sie hatte ihren Lippenstift gefunden, pflanzte sich auf den Wannenrand – er diagnostizierte eine kerzengerade Wirbelsäule in einem rückenfreien Designer-Kleid und zählte fünf Muttermale – und kroch fast in den Schminkspiegel, als sie ihren Mund vollkleisterte. Er konnte dieses Getue noch nie verstehen. Sie tat so, als bereite sie sich für das Casting einer Kosmetikfirma vor.

»Wenn Sie demnächst baden, komme ich mich rasieren.«

»Stellen Sie sich nicht so an. In dem veralgten Wasser kann ich nichts Interessantes entdecken.«

Sie blinzelte gleichgültig zu ihm herunter.

»Außerdem schließe ich ab, wenn ich meinen Körper pflege.«

Es klingelte. Sie sah ihn fragend an.

»Wollen Sie, dass ich so zur Tür gehe und Ihren Freund hereinlasse?«, fragte er sie.

»Welchen Freund meinen Sie?«, spielte sie die Naive.

»Den Klammeraffen.«

»Ach, Georg ... ich glaube kaum, dass er das ist«, sagte sie gelangweilt.

Es klingelte wieder.

»Ich kann jetzt wirklich ganz schlecht ...«, ereiferte sie sich, Geschäftigkeit vortäuschend, indem sie an ihren widerspenstigen Locken herumzupfte.

Als es zum dritten Mal klingelte, schnappte er sich das Badetuch, warf ihr einen vernichtenden Blick zu, ging tropfnass zur Tür und öffnete sie.

Das Mädchen war blass, und das war es schon, bevor es den

halbnackten Mann sah, der grün war bis zur Nasenspitze und sich ein Handtuch vor die Lenden hielt.

»Nicole?«

Das Mädchen nickte.

»Vater?«

David sah an sich herunter.

»Wollen Sie Ihre Tochter nicht hereinlassen?«

Die Frau war einfach überall. Und überall ging sie David gehörig auf den Geist.

Sie reichte dem Mädchen die Hand, nachdem sie grinsend Davids nackten, grünen Hintern begutachtet hatte, stellte sich vor: »Angelika, Freunde nennen mich Angelina. Kommen Sie doch herein. Ihr Vater hat gerade den Froschkönig gespielt, um von mir einen Kuss zu bekommen. Dabei könnte ich ihn ständig an die Wand klatschen ...« und verduftete.

ALESSANDRO

Alessandro war froh, heil angekommen zu sein.

»Ich bin froh, dass Sie den weiten Weg wohlbehalten überstanden haben«, sagte der Notar. »Wir haben zur Zeit furchtbare Zustände. Sieht es in Ihrem Land auch so aus? So viel ich weiß, nicht, wenn ich die Nachrichten verfolge. Bella Italia! Noch versinkt bei Capri die rote Sonne im Meer. Ich beneide Sie.«

Er kramte in einem Stapel mit Formularen herum.

»Haben Sie die beglaubigte Vollmacht Ihrer Mutter bei sich?«

Alessandro reichte sie ihm.

»So, da haben wir die Erklärung. Bitte hier unterschreiben. Und da. Ich denke, wir haben die bestmögliche Lösung gefunden.«

Lass dich nicht übers Ohr hauen, Alessandro, hörst du. Lass dich nicht übers Ohr hauen, hatte ihn seine Mutter ermahnt. Nein, Mama, nein. Ich werde reich zurückkehren, hatte er versprochen, und dir und Papa einen Palast bauen. Ihr werdet nie wieder arbeiten müssen.

»Wenn Sie etwas nicht verstehen, fragen Sie ruhig«, sagte der Notar.

Alessandro verstand nicht alles, genauer gesagt, sehr wenig, aber er traute sich nicht, es zuzugeben. Er war hier geboren, sogar ein Jahr in der Schule gewesen, bis sie zurück nach Italien gingen. Da war er sieben. Jetzt war er siebenundzwanzig.

Alessandro setzte seine Unterschrift an die markierten Stellen.

»Somit haben Sie das Hotel an die Bank übertragen, die gleichzeitig sämtliche Schulden erlässt – und meine Kosten und das Begräbnis übernimmt. Damit ist beiden Seiten gedient und auf einen Schlag reinen Tisch gemacht, wenn ich das so ausdrücken darf. Bis die restlichen Formalitäten erledigt sind, können Sie selbstverständlich im Hotel bleiben und persönliche Gegenstände an sich nehmen. Wann soll es zurückgehen?«

Alessandro wusste es nicht. Wie sollte er das Mama und Papa erklären? Dass er mit leeren Händen zurückkam, dass sie noch glimpflich davongekommen waren.

»Ich fahre Sie hin. Ich habe eine Sondergenehmigung. Langsam klart es wieder auf. Gott sei Dank!«

Sie gingen runter, stiegen in seinen Wagen ein und fuhren los. Ein teurer Wagen, was wohl allein das Benzin kostete, überlegte Alessandro.

»Wenn Sie mich fragen, kann man den Treibhauseffekt vernachlässigen. Glauben Sie das Gerede nicht. Ich habe eine interessante Theorie gehört, wonach sich die Erdachse verschoben hat und sich dadurch ganz neue klimatische Bedingungen ergeben haben, drastische Temperaturschwankungen, ständig wechselnde Meeresströmungen, unberechenbare Windbewegungen und so weiter, von der Krümmung des Magnetfeldes ganz zu schweigen. Über uns braut sich praktisch alles zusammen. Kippen Sie irgendwo einen Kanister Öl ins Meer, und ich garantiere Ihnen, dass Sie den früher oder später am Strand auflesen können. Dort oben ...», stöhnte er und meinte damit den Himmel über der Stadt, »... strandet das, was die Schornsteine in China, den USA, Indien und Japan in die Atmosphäre blasen. In Italien ist es nicht so schlimm, weil das meiste vorbeizieht. Jawohl, ich beneide Sie!«

Die ganze Fahrt über redete der Notar, war regelrecht aufgekratzt, Alessandro hingegen war erledigt nach der anstrengenden Reise. Es ist noch schlimmer, dachte er, in den Großstädten.

Nicht da, wo ich herkomme. An der Küste, in den armen Regionen, in denen es keine Industrie gibt, ist der Himmel noch blau, das Wasser noch genießbar.

»Sie sind sicher müde«, sagte sie, jedes Wort deutlich aussprechend und in die Länge ziehend.

»Sie sind also Maria«, sagte er.

»Woher kennen Sie meinen Namen?«

»Der Notar hat mir von Ihnen erzählt. Er hat gesagt: Ohne Maria wäre das Hotel schon längst verloren gewesen. Ihr Großvater hat sie immer *Maria, seine Perle* genannt.«

Sie blickte zur Seite. Im Profil ähnelte sie einer Filmschauspielerin aus einer tragischen Liebesgeschichte. Maria, die Perle. Großvater hatte nicht übertrieben. Nun, sie hatte kleine Falten um die Augen und wirkte erschöpft, so wie auch er sicherlich erschöpft aussah, und sie war nicht mehr so jung, vielleicht Mitte dreißig, und das war schon etwas anderes als siebenundzwanzig, aber er fand sie bezaubernd. Maria, die Perle. Als Großvater zu schwach geworden war, führte sie das Hotel, kümmerte sich um ihn, pflegte ihn bis zu seinem Tod.

Alessandro schämte sich. Weil er nichts getan hatte. Außer, das Hotel der Bank zu überschreiben. Er wollte ihr danken, ließ es aber bleiben, denn es wäre ihm peinlich gewesen. Neben Maria fühlte er sich wie ein kleiner Junge, der kleine Alessandro, der seinen Großvater das letzte Mal vor fünfzehn Jahren gesehen hatte, auf Mutters fünfzigsten Geburtstag.

»Sie sprechen sehr gut unsere Sprache. Ich zeige Ihnen Ihr Zimmer«, sagte sie und verzichtete darauf, die Worte übertrieben zu dehnen. »Danach mache ich Ihnen etwas zu essen.«

Tatsächlich fielen ihm wieder viele Vokabeln ein. Beim Notar hatte ihn dessen selbstsichere Ausstrahlung eingeschüchtert. Außerdem verstand Alessandro nichts vom Erben.

»Ich weiß nicht ...«, sagte er zögerlich.

»Ihr Großvater hat mich bis zum Ende des Monats bezahlt. Machen Sie sich keine Gedanken. Es ist mir eine Freude.«

Sie lächelte, und Alessandro schmolz dahin und hätte weinen können. Und wusste nicht wieso. Es war einfach alles zu viel, er war müde, ein Erbe mit leeren Händen, und grauer und trauriger konnte kein Hotel sein als das Hotel seines verstorbenen Großvaters, und Maria, die Perle, lächelte ihn an und hatte selbst Tränen in den Augen.

Ein schlichtes Zimmer, altmodisch möbliert. Sie hatte das mit der Klimaanlage hergerichtet und ihm geraten: »Öffnen Sie das Fenster nicht, bevor sich der Nebel verflüchtigt hat.«

Es gab noch elf weitere Zimmer, aber keine weiteren Gäste. Wer macht schon bei dem Wetter hier Urlaub, sagte Maria und lächelte. Nein, Großvaters Zimmer wollte er sich morgen anschauen, morgen.

»Das Essen wird in einer halben Stunde fertig sein. Ich dachte mir, Sie mögen doch bestimmt Nudeln?«

Natürlich mochte er Nudeln. Nicht so gern, aber das verriet er ihr nicht. Er war hungrig – und durstig.

Alessandro hing seinen Gedanken nach, bis sie ihn rief.

Er ging in den Speisesaal hinunter.

»Sie essen nicht mit?«

»Ich muss nach Hause«, sagte sie hastig. »Der letzte Bus fährt gleich.«

»Der letzte Bus?«

»Ja, die Busse fahren. Wenn auch selten pünktlich.«

»Ist das nicht zu gefährlich?«

»Nein, das ist es nicht«, sagte sie. Es klang wenig überzeugend. »Ich habe es nicht weit. Kommen Sie mit allem klar?«

»Ja, natürlich. Ich dachte nur …«

»Morgen werde ich Ihnen alles zeigen und Ihre Fragen beantworten.«

Seine Fragen. Hatte er Fragen?

Er aß, er trank den Wein – sie hatte ihm Wein auf den Tisch gestellt, italienischen Wein –, trank die ganze Flasche aus.

Zuerst wusste er nicht, wo er sich befand. Er hatte geträumt. Von Großvater. Und von Maria. Von Maria hatte er auch geträumt. Sein Kopf brummte. Die ganze Flasche Wein. Was sollte sie nur von ihm denken?

Nein, in Großvaters Zimmer wollte er nicht gehen. Noch nicht. Er trat ans Fenster, durch das man nach hinten hinaus auf den Wald sehen konnte. Der Nebel hatte sich weiter aufgelöst.

Ob Maria schon das Frühstück vorbereitete? Sollte er sich rasieren, bevor er nach unten ging? Maria, Maria ... Er dachte ständig an sie, kaum dass er angekommen war, kaum dass er sie kennengelernt hatte.

Er hörte Maria in der Küche singen. Als sie ihn kommen sah, bat sie ihn, es ihr nachzusehen. Nein, das sei in Ordnung, sie solle ruhig weitersingen, beruhigte er sie. Er habe seinen Großvater ja kaum gekannt, nicht so gut wie sie, und wenn ihr danach zumute sei zu singen ... Seine Mutter, er sagte Mutter und nicht Mama – was sollte sie sonst von ihm denken –, seine Mutter sang auch manchmal, natürlich nicht so schön wie sie. Und Maria lächelte.

Nach dem Frühstück stellte er Fragen. Jetzt hatte er Fragen. Wie lange sie bei seinem Großvater gearbeitet habe? Ob sie mit ihm klargekommen sei? Ob das nicht zu viel geworden sei für sie, das verschuldete Hotel, der alte, kranke Mann? Sie sei eine so zierliche, sanfte Person, wie sie das alles geschafft habe, ohne das Lachen und Singen zu verlernen?

Als ihm auffiel, dass er gar nicht an seinem Großvater interessiert war, sondern nur an Maria, schämte er sich wieder und kam sich dumm vor. Schnell erzählte er ihr, dass er als Kind seinen Großvater geliebt habe, und das war nicht gelogen, aber ihr konnte nicht entgangen sein, wie er sie angesehen hatte.

Maria ließ sich nichts anmerken und lächelte ihn an. Maria, die Perle.

»Meine Mutter hat ab und zu auf Großvater geschimpft – *dieser sture Geizkragen* – und dabei die Hände gerungen. Eines Tages habe ich ihn gefragt. Opa, ich sagte Opa zu ihm, Opa, fragte ich ihn, ist es wahr, dass du geizig bist? Wie kommst du darauf? Weil Mama das gesagt hat. Er hat geschmunzelt. Ja, ich bin geizig. In meiner Westentasche habe ich immer ein Geldstück bei mir, um es der Bedienung im Restaurant als Trinkgeld zu geben. Jedes Mal, wenn ich die Rechnung kriege, ärgere ich mich über den hohen Preis und behalte die Münze für mich. Komm bloß nicht auf die Idee, sie mir zu klauen, während ich meinen Mittagsschlaf mache. Wenn du groß bist und heiratest, kriegst du Geld von mir, auch das aus meiner Westentasche. Natürlich war ich neugierig und wollte nachsehen. Eine Heirat kam nicht in Frage, bevor ich fünfzehn war. Als er nach dem Mittagessen auf dem Sofa lag und laut schnarchte, bin ich vorsichtig auf seinen Bauch geklettert, sonst wäre ich nicht an die Westentasche herangekommen, er hatte einen dicken Bauch, damals zumindest, und ich war klein, und habe mir das Geldstück stibitzt. Und immer, wenn er eingenickt war, fand ich ein neues. Er schlief so fest, dass ich manchmal auf seinem Bauch liegen blieb und die Augen zumachte. Ich kann mich noch gut daran erinnern, wie sich das anfühlte, wenn sich sein Brustkorb unter tiefen Atemzügen hob und senkte und mit ihm mein Kopf. Nein, er war nicht geizig, das war er nicht.«

Alessandro war auf einmal ernst geworden. Der viele Wein von gestern hatte seine Spuren hinterlassen.

»Ich rede und rede …«, sagte er.

Maria lächelte nicht.

Er wollte nicht daherreden wie ein großer Junge, er war siebenundzwanzig, er war ein Mann.

»Meine Kindergeschichten langweilen Sie.«

»Sie haben sehr liebevoll von Pietro gesprochen. Eine schöne Geschichte. Nein, er war nicht geizig, das war er nicht. Er muss Sie wirklich sehr gern gehabt haben.«

Sie hatte Pietro gesagt, hatte Großvater mit seinem Vornamen angesprochen. Alessandro hatte ihn gern gemocht, seinen Großvater Pietro, sehr gern sogar. Er hatte es nur vergessen.

Sie räumte den Tisch ab.

Er ging nach oben.

Nach einer Weile klopfte sie an seine Tür und teilte ihm mit, dass Sie am Nachmittag wiederkomme, und erkundigte sich, ob ihm der Wein geschmeckt habe, ob sie ihm den gleichen oder lieber einen anderen mitbringen sollte?

»Gar keinen. Ich habe gestern zu viel getrunken. Oder doch, wenn Sie ein Glas mit mir trinken, dann ja, den gleichen, aber nur, falls Sie es einrichten können.«

»Vielleicht«, sagte sie. »Vielleicht.«

DAVID

Sie hatte sich in den Sessel gelümmelt und ihre Füße aufs Sofa geschwungen, ohne die abgewetzten Stiefel auszuziehen. Er hatte sich geduscht und angezogen und beherrschte sich: Fang nicht gleich damit an, sie zu fragen, ob sie das immer so macht. Außerdem war das nicht sein Sofa.

»Möchtest du was trinken?«

»Nein.«

»Was essen?«

»Nein.«

»Wie bist du hergekommen?«

»Ist das wichtig?«

Wie unterhält sich ein Vater mit seiner Tochter, die ihm so vertraut ist wie die Rückseite des Mondes und die die Zähne nicht auseinander bekommt?

Sie blickte sich im Zimmer um. Mit einem verkniffenen, leicht abschätzigen Gesichtsausdruck. So lebt er also, mein alter Herr, richtig ordentlich und sauber, mit Blumen auf dem Tisch und Vorhängen vor den Fenstern. Und seine Braut hat rostrote Locken und ist nicht auf den Mund gefallen.

Von mir aus kann sie sich zusammenreimen, was sie will, dachte David.

»Hast du viel Geld?«

Auf diese Frage war er nicht vorbereitet.

»Nein. Ein wenig schon«, log er. Man kann nie wissen. Und noch war gar nichts bewiesen. Ähnlich sah sie ihm nicht, Veronika schon ein bisschen, die fünfundzwanzig war, als sie sich davonstahl, also kaum älter als das hagere Mädchen auf dem Sessel, das die Arme vor der Brust verschränkte. Die langen Haare und die Sommersprossen ... Nur, das traf auf viele zu. Insgesamt nicht ausreichend, um ihn zu überzeugen.

»Lag vor der Tür.«

Sie reichte ihm ein zusammengefaltetes Stück Packpapier, das sie aus der Hosentasche gezogen hatte, aus einer Hose, die aus Flicken bestand. Und aus Löchern.

Ein Reicher wird schwer ins Himmelreich kommen. Ihr werdet in der Hölle schmoren! stand darauf. Die Farbe war noch frisch.

»Ein Verrückter, der auf Zweizeiler spezialisiert ist«, kommentierte er den Schwachsinn. »Ist dir jemand im Treppenhaus aufgefallen?«

»Vor dem Haus stand einer und hat sich die Klingelschilder angesehen.«

»Hör mal, Nicole. Meinst du nicht, dass du mir ...«

»Wo ist das Klo?«

»Da hinten.«

»Kann ich duschen?«

»Von mir aus«, seufzte er.

Sie stiefelte ins Bad. Er hörte die Klospülung, hörte, wie sie die Dusche anstellte und sich über die ekelhafte Brühe beschwerte.

David überlegte, ob er in ihrem Rucksack nachschauen sollte, den sie neben den Sessel gepfeffert hatte. Nein, das wäre nicht fair.

Sie wird schon noch auftauen, hab ein wenig Geduld, beruhigte er sich. Bald werde ich fliegen, mit ihr oder alleine, da kann sie sich querstellen wie sie will. Der Aktenkoffer ist hinter der Wanne in Sicherheit. Wenn ihr nicht die Seife herunterfällt, wird sie ihn kaum entdecken. Das rothaarige Biest schon eher.

Wo war Angelina-Baby überhaupt abgeblieben, mit ihrem rückenfreien Kleid und ihren roten Lippen?

Es klingelte. David fragte sich, warum sie ihn nicht alle in Ruhe ließen, wie sie es die ganzen Jahre über getan hatten.

Bestimmt wieder der verrückte Schmierfink.

»Ist sie da?«

Georg drückte sich an ihm vorbei in den Flur, in seinem schwarzen Anzug, mit seinen schwarzen Schuhen und den speckigen Haaren, die mit Gel an den kantigen Schädel geklatscht waren.

»Ist sie da?«, wiederholte er und stapfte ins Wohnzimmer. »Duscht sie? Ich höre doch das Wasser laufen.«

»Sie ist weggegangen«, knurrte David, der keine Lust darauf hatte, Georg um sich zu haben.

Georg setzte sich an den Tisch.

»Viel Zeit habe ich nicht. Wie lange ist sie denn schon drin?«

»Ich habe doch gesagt, dass sie weg ist.«

»Dann warte ich eben so lange.«

Georg war misstrauisch. Das wäre ich bei ihr auch, dachte David.

Die Badezimmertür öffnete sich. Georg sprang auf, fiel aber auf den Stuhl zurück, als er das blasse Mädchen erblickte, das sich in ein Badehandtuch gewickelt hatte und es krampfhaft mit seinen sommersprossigen Ärmchen festhielt. Nicole bekam ihren Rucksack zu fassen und verkrümelte sich wieder ins Bad.

»Ich muss mich schon sehr wundern«, entrüstete sich Georg. »Die Göre ist doch noch minderjährig.«

»Hör mal, Georg, das geht dich nichts an. Hattest du es nicht eilig?«

»Okay. Muss jeder selbst wissen, was er tut. Aber wenn du Angelina-Baby anfasst ... Ich hoffe, du bist dir im Klaren darüber, dass es dann gewaltigen Ärger gibt.«

»Viel Vertrauen scheinst du nicht zu ihr zu haben.«

»Typen wie dich durchschaue ich sofort. Ich sehe dir an der

Nasenspitze an, dass du geil auf sie bist. Dass du hier immer noch rumhängst, weil du dir was ausrechnest. Aber Angelina-Baby lässt sich nicht so einfach angraben, hast du gehört?! Hast du mich verstanden?!«

Nicole hatte ihre Toilette beendet und sich hinter einem augenscheinlich selbstgestrickten Pullover verschanzt, der ihr bis über die Knie schlabberte und die Flickenjeans zum dekorativen Beiwerk degradierte.

Kopfschüttelnd erhob sich Georg und verabschiedete sich.

»Wer war denn das?«, fragte Nicole.

»Der Klammeraffe.«

»Wer?«

»Ein Freund von Angelina. Oder mehr als das. Was weiß ich.«

»Ist sie nicht deine Freundin?«

»Sah das so aus?«

»Sie sieht gut aus. Und so gesund.«

Dieser aufreizende Tonfall. Was hatte er sich nur eingebrockt?

»Woran ist deine Mutter gestorben?«, fragte er sie ohne Umschweife. Irgendwann mussten sie es hinter sich bringen. Dann besser gleich.

»Interessiert dich das? Warum interessiert dich das plötzlich?«, zischte sie ihn an.

Wieso stauchte er sie nicht zusammen und stellte klar, dass es reichte, dass sie kein Recht dazu hatte, hier hereinzuplatzen, dass sie ihre Sachen packen und verschwinden sollte. Was hinderte ihn daran?

Er nahm sich zusammen. Sie war fast noch ein Kind. Sein Kind, vielleicht.

Zähneknirschend zog Nicole ihre Stiefel an, warf sich den Rucksack über die Schulter und steuerte auf den Ausgang zu.

»Nicole, bitte ...«

Er wollte nicht, dass sie einfach davonlief. Nicht so.

Die Tür ging auf und eine verdutzte Angelina, voll beladen mit Einkaufstüten diverser Boutiquen, versperrte Nicole den Weg.

»Störe ich?«, erkundigte sie sich.

David verkniff sich die Frage, ob ihr das erst jetzt aufgegangen sei.

Angelina hängte ihren Mantel an die Garderobe. Sechs Muttermale schmückten das reizende Terrain, bei dem der gerissene Schneider auf Stoff verzichtet hatte. Sechs, nicht fünf.

In gewissen Dingen besaß David einen ausgesprochenen Sinn für Details, den er sich durch nichts und niemanden verleiden ließ, schon gar nicht durch ungeladene Gäste. Wie sie sich überdies aus den Lackschuhen mit den gefährlichen Absätzen schälte, war eine präzise Betrachtung wert. Auf einem Bein stehend, hielt sie allein durch seitliche Verlagerung der Hüfte und Herausstrecken des Hinterns in bewundernswerter Manier Balance. Angesichts des Umstands, dass ihr Körper für Sekunden auf einer Fläche mit den Ausmaßen einer Briefmarke ruhte, eine zirkusreife Nummer, die dank ihrer begnadeten Figur eine durchweg aufregende Note bekam. Selbst das Ausziehen des zweiten Stilettos – kein Mann käme mit diesen Schuhen lebend die Treppen hinunter – war trotz des geringeren Schwierigkeitsgrades immer noch ein Kunststück. Oder wie sie die widerspenstige Locke aus dem Gesicht pustete – wie leicht wird daraus eine unvorteilhafte Grimasse. Er hatte den Eindruck, sie versuche mit scheinbar geringen Mitteln ein imaginäres Publikum in Atem zu halten, ohne der von ihr erzeugten Reaktion Beachtung zu schenken. Zumindest ließ sie sich ihr Entzücken an der ihr zuteil werdenden Aufmerksamkeit nicht anmerken.

Angelina beließ es bei der Rückenansicht, als sie sich in die Küche entfernte. Nicole zeigte David die kalte Schulter und schlief ein, nachdem sie sich aufs Sofa geschmissen hatte.

Kurz darauf stellte Angelina eine Flasche Sekt und zwei Gläser auf den Tisch, während David seine Tochter betrachtete. Dann holte sie eine Decke und legte sie über das schlafende Mädchen.

»In dem Alter war ich auch nicht einfach«, erklärte sie ihm.

»Schlimmer als jetzt kann es kaum gewesen sein«, versicherte er ihr.

Für einen Moment sah es so aus, als spiele Angelina mit dem Gedanken, die Flasche auf Davids Kopf zu zertrümmern. Stattdessen verzog sie sich, ohne ein Wort zu verlieren.

Wo war sie hin, ihre Schlagfertigkeit? Ihre Kampfeslust?

Er hatte weder sie noch Nicole gebeten, ihn in seiner Bude zu überfallen. Was erwarteten sie eigentlich von ihm?

Kommen sie ruhig herein, sagte sie, noch bevor er an die Schlafzimmertür klopfte, den Sekt und die Gläser in der Hand, stehen sie nicht so herum, und er setzte sich auf den Bettrand.

Die Beine ausgestreckt, halb sitzend, halb liegend, die Lippen rot und auch das Kleid, gestand sie ihm: »Ich habe mir den Einzug in meine neue Wohnung anders vorgestellt.«

»Ich bin bald weg«, sagte er und schenkte beiden ein.

»Und Ihre Tochter?«

Mehr als ein Schulterzucken fiel ihm dazu nicht ein.

»Wo ist die Mutter?«

»Was arbeiten Sie?«, wollte er wissen und schielte, einem archaischen Reflex gehorchend, auf ihre Brüste.

»Was arbeiten Sie in dem Aufzug, wollten Sie doch fragen, oder?«

»Es geht mich nichts an.«

Es war ihm klar, dass sie in dem Aufzug nicht putzen ging.

»Ihr Freund war vorhin da.«

»Georg? Was wollte er?«

»Er hat Sie gesucht.«

»Und?«

»Er ist wieder gegangen.«

»Georg ist sehr eifersüchtig.«

»Er passt nicht zu Ihnen«, behauptete David.

»Nein? Wie sieht denn Ihrer Meinung nach der Mann aus, der zu mir passt?«

David hasste solche Gespräche. Wohin sollte das führen? Außerdem war sie ihm egal. Beinahe. Sie war begehrenswert. Doch lächerlich machen wollte er sich nicht und stand auf.

»Hat Ihre Tochter schon gegessen?«

»Sie wollte nichts essen.«

»Und Sie?«

»Wie lange überlebt man mit einer Tasse kaltem Kaffee und einem trockenen Brötchen im Magen?«

»Aus den Sachen im Kühlschrank lässt sich was machen. Kaufen Sie in der Zwischenzeit ein? Damit wir morgen früh nicht verhungern.«

»Ich glaube, sie mag Sie nicht.«

Es tat gut, nach draußen zu kommen. Ein frischer Wind fegte die Straßen. Man konnte hundert Meter weit sehen, und bald würden wieder Autos fahren – und Flugzeuge starten.

Vor dem Supermarkt kauerten Bettler, und eine Gruppe junger Outlaws mit gefleckten Doggen, so groß wie Kälber, reichte Bierbüchsen herum. Die Leute machten einen großen Bogen, klammerten sich an ihre Einkaufstüten und ächzten und stöhnten unter ihrer Last – jeder deckte sich bis über beide Ohren ein.

Bevor David mit einem Karton voller Lebensmittel das Haus betrat, fiel ihm ein junger Mann auf der anderen Straßenseite auf, der ihn an den Kassierer aus der Bank erinnerte – und daran, dass er die Frauen mit dem Geld allein gelassen hatte. Herrje, sie brachten ihn durcheinander. Wer weiß, was sie anstellten, falls sie den Aktenkoffer entdeckten?

Nicole prustete, als er die Wohnung betrat, wobei ihr ein Salatblatt aus dem Mund fiel. Angelina hatte einen Arm um sie gelegt.

»Wir haben uns in der Zwischenzeit miteinander bekannt gemacht«, informierte sie ihn.

David stellte die Tüten ab, holte die Flasche heraus, und begriff nicht, wie sie das machten, wie sie von einer Sekunde auf die andere die Stimmung wechseln und sich in den Armen liegen konnten, warum ihm derartige Zauberkunststücke nicht gelangen.

»Ich habe noch eine geholt«. Er hielt den Sekt in die Höhe.

»Bring bitte drei Gläser mit, David.«

Bring bitte drei Gläser mit, David. Als wenn sie sich schon ewig kannten.

Sie machten sich über die Reste des Essens her und ließen den Korken knallen. Nicole bekam glühende Wangen und kicherte unaufhörlich. Angelina verkündete feierlich, sie freue sich *ganz ehrlich*, ihre neue Wohnung mit ihnen einzuweihen. Nicole stutzte, war gleichwohl zu betrunken, um zu verstehen, wie sie das meinte. David war zufrieden, war zuversichtlich, mit Nicole ins Reine zu kommen.

Nicole rollte sich aufs Sofa. Angelina und David räumten gemeinsam ab. Danach überlegte sie, wo er schlafen konnte.

»Ich kann Ihnen eine Hälfte von meinem Bett überlassen, es sei denn Sie schnarchen«, schlug sie vor. »Wir sind ja erwachsene Menschen.«

»Ich dachte, wir wären beim *du* angekommen«.

»Habe ich *du* gesagt?«, tat sie erstaunt.

»Ich denke darüber nach«, sagte er. »Über das Angebot, mit der Hälfte.«

Nachdem Sie im Bad fertig war und im Schlafzimmer verschwand, sah er nach dem Koffer. Spät in der Nacht schlief er auf dem Sessel ein.

ALESSANDRO

Er hatte sich alle Zimmer angesehen, bis auf eines. Vor Jahren habe Großvater noch eine Villa besessen, mit Säulen und Swimmingpool, wusste Maria zu berichten. Nach und nach seien die Hotelgäste ausgeblieben, und er habe die Villa verkauft und sich ein Zimmer im Hotel eingerichtet. Die Nummer dreizehn. »Das bringt Glück«, hatte Pietro gesagt.

Als Alessandro endlich Geräusche in der Küche hörte, konnte er es kaum erwarten, Maria wiederzusehen – eine Flasche Wein stand auch auf dem Tisch. Während der gemeinsamen Mahlzeit lächelte sie ihn an.

»Ich darf nur ein Glas trinken, sonst bin ich nur noch albern und finde die Bushaltestelle nicht mehr.«

»Warum bleiben Sie nicht hier?«, schlug er vor. Und rasch hinterher: »Es gibt ja genug Zimmer.«

»Nein. Das geht nicht.«

»Werden Sie erwartet?«

Alessandro wunderte sich über sich selbst.

»Nein. Doch.«

Sie druckste herum.

»Ich bin verheiratet.«

Alessandro war getroffen. Wollte es sich nicht anmerken lassen und plapperte drauflos, erzählte irgendetwas von seiner Heimat. Einen Swimmingpool bräuchten sie nicht, das Meer lag direkt vor der Haustür, und die Sonnenuntergänge waren mit keinem Geld der Welt aufzuwiegen, und arm waren sie dort fast alle, dabei umso herzlicher, und jeder half dem andern, meistens jedenfalls. Erst neulich, da ...

»Mein Mann ist Fernfahrer.«

Er wollte nicht über ihren Mann reden, aber sie fing wieder davon an. Natürlich war eine Perle wie Maria verheiratet. Wie töricht von ihm.

»Da bringt er Ihnen bestimmt aus vielen Ländern Geschenke mit?«, sagte er, weil ihm nichts besseres einfiel.

»Manchmal. Jetzt nicht mehr. Zu Anfang ja.«

»Jetzt nicht mehr? Also, wenn ich Ihr Mann wäre, ich würde einen ganzen Wagen voller Geschenke mitbringen.«

Sie sah auf die Uhr.

»Mein Bus.«

Er hatte sich den Abend anders vorgestellt.

»Ich begleite Sie zur Haltestelle.«

»Das ist nicht nötig.«

Eine Weile gingen sie schweigend nebeneinander her. Da machte Alessandro den gelblichen Lichtschein in den Baumwipfeln aus. Sehen Sie, der Mond, man kann den Mond sehen. Sie lächelte wieder, ein wenig, denn es war lange her, dass sie den Mond gesehen hatte, wegen des Nebels, und sie sah sonst nicht nach oben, sagte sie, und stolperte und kam zu Fall.

Allessandro half ihr auf. Sie nahm seine Hand und ließ sie nicht mehr los, bis sie in den Bus einstieg. Bevor sie in den Bus stieg, berührte er zärtlich ihr Haar.

Er schwebte zurück zum Hotel. Sie hatte seine Hand genommen. Was zählte es schon, dass sie verheiratet war, was zählte das schon?

Er nahm den restlichen Wein mit aufs Zimmer und öffnete das Fenster. Zu Hause waren immer die Fenster offen.

Ein Geschenk! Wenn er ihr ein Geschenk machte, wo doch ihr Mann keines mehr mitbrachte von seinen Reisen. Sie wäre beeindruckt. Einen ganzen Wagen voll, hatte er getönt. Aber sein Geld reichte gerade für die Rückfahrt, und wo sollte er etwas kaufen, mitten in der Nacht? Eine Kette aus Perlen hatte sie verdient.

Das größte Geschenk, das du einer Frau machen kannst, mein kleiner Alessandro, weißt du, was das ist? Nein, er wusste es nicht, wie sollte er das wissen, wo er noch nicht mal zur Schule ging. Das größte Geschenk, und dabei sprach Großvater leise und geheimnisvoll, das größte Geschenk, das du einer Frau machen kannst, ist, ihr die Wahl zu lassen. Zeig ihr, wie sehr du sie liebst, lass keinen Zweifel daran aufkommen, dass sie dir alles bedeutet, hol ihr die Sterne vom Himmel, aber überlass ihr die Entscheidung. Wenn sie aus freien Stücken zu dir kommt, dann hast du sie für immer.

Großmutter war damals mit nach Italien gegangen, und Großvater war allein geblieben.

Alessandro wollte ihn noch einmal sehen. In drei Tagen war die Beerdigung. Es wurde ihm bestimmt gestattet. Er stellte sich einen Geleitzug vor, der aus allen Gästen bestand, die je in Pietros Hotel übernachtet hatten, der so lang war, dass er bis nach Italien reichte, mit ihm und Maria an der Spitze.

Maria sollte das größte Geschenk bekommen, das man einer Frau machen kann.

ERNST

Die Zeitung segelte in die Ecke. Warum tat er sich das an? Tornados, Überschwemmungen, Inflation, Kriege, Militärs an den Ölquellen und Steuererhöhungen und Kürzung der Sozialleistungen und und und. Immer die gleichen Schlagzeilen, das gleiche dumme Gelaber. Auf den Fotos die gleichen Anzüge, die gleichen Krawatten, die gleichen vollgefressenen Gesichter. *Wir tun alles, was in unserer Macht steht.* Und füllt dabei schön weiter eure Geldsäcke. Und brecht den Leuten das Genick. Rationalisierung wird das genannt. Dem Druck im internationalen Vergleich standhalten. Welcher Druck? Ihr sackt Millionen ein und redet von Druck!

Er wusste, was Druck bedeutet. Erst vierzig, dann zweiundvierzig, fünfundvierzig, achtundvierzig und bei fünfzig Stunden die Woche ohne Lohnausgleich war er auf die Straße gegangen, es reichte sowieso hinten und vorne nicht mehr. Dann hatten sie ihn wegrationalisiert. Er war zur Einsparmaßnahme geworden. Damit sich die Aktionäre beruhigten und ihre Gewinne ins Ausland schafften – wegen der Steuern. Die hatten Probleme! Und wer einmal auf der Straße gewesen war, wer ihnen einmal die Stirn geboten hatte, der bekam keinen Job mehr. Außer dieser entwürdigenden Sklavenarbeit, die er machen musste – drei Stunden täglich kehren –, damit sie ihm nicht noch alles strichen, damit er wenigstens nicht verhungerte.

Ihr habt keine Ahnung, wie es sich anfühlt, wenn man sich ständig den Arsch aufreißt, ständig die Angst im Nacken, der Nächste zu sein.

Was war das für ein Leben, den ganzen Tag an die Wand zu starren? Zu Anfang, nachdem er sich beruhigt und erholt hatte, war es noch in Ordnung. Er hatte auf den Rat von Freunden gehört, ehemaligen Freunden. Du wirst bescheuert, wenn du den ganzen Tag nur rumhängst. Such dir eine Beschäftigung, ein Hobby, einen Zeitvertreib. Gemalt hatte er, aber null Talent. Einer hatte ihm sogar eine Bibel in die Hand gedrückt. Er hatte in der Bibel gelesen, man stelle sich das vor! Bis er sie in die Ecke gefeuert hatte. In die Ecke, in die er die Zeitungen feuerte. Gerecht ging es noch nie zu, und mit Einschüchterung und Erpressung wurde schon immer gearbeitet. Aber Jesus, der hatte ihnen den Spiegel vorgehalten, der hatte die falschen Priester zum Teufel gejagt, den Abzockern die Peitsche um die Ohren geknallt. Ganz ohne Gewalt. Fast. Der war auch auf die Straße gegangen. Nur mit der anderen Wange, das war ein Fehler. Das nutzen die sofort aus. So hat man keine Chance gegen die. Vor allem, wenn die Kollegen Schiss bekommen und sich kaufen lassen. Das ist das Schlimmste überhaupt. Allein kannst du gegen die da oben nichts ausrichten. Du findest doch an jeder Ecke einen Judas. Der einfach weitermacht, der nichts bereut. Der gut schläft, während er und die anderen Transparente bepinseln und sich mit den Bullen prügeln. Zweiundfünfzig, vierundfünfzig, sechsundfünfzig. Und die Stühle leeren sich. Wenn die ihren Arsch hochgekriegt hätten, wenn die ein wenig Mumm aufgebracht hätten, dann hätten sie alle zusammen die Scheißbonzen davongejagt.

Ich muss mich beruhigen, dachte er, ich war früher nicht so. Es ist deren Schuld, die haben mich soweit gebracht. Die Kollegen, die sitzen geblieben waren, auf die war er besonders schlecht zu sprechen, vor allem auf die, die sich hatten kaufen lassen, die auf der Arbeit übernachteten, die sich was zusammensparten.

So einfach sollten die nicht davonkommen. Er hatte nicht die Absicht, brutal vorzugehen, nein, das war zu primitiv. Vorerst nicht. Eher so wie Jesus. Nur nicht so gutgläubig. Das war ein Zeitvertreib, der Sinn machte.

DAVID

Am nächsten Tag verwandelten sie die Wohnung in ein Tollhaus, Georg und seine Kumpels. Georg war eine wandelnde Abrissbirne. Wie konnte man nur so bescheuert sein, eine Kreissäge aufzubauen, um eine Arbeitsplatte zuzusägen. Glücklicherweise war die alte Dame von nebenan taub. Den anderen Hausbewohnern konnte man nur wünschen, dass sie einer geregelten Arbeit nachgingen. Falls es trotzdem Ärger gäbe, könnten sie sich mit den vier Holzfällern herumschlagen.

Nachdem Angelina ihre Anweisungen gegeben hatte, legten sie los mit ihrem Höllenlärm und machten einem Holzbrett den Garaus.

Dann hatten sie sich vermessen. Scheiße, fluchte Georg, ich versteh das nicht. Scheiße, am Zollstock fehlt ein Stück. Scheiße, wie kannst du uns einen abgebrochenen Zollstock geben, Angelina, scheiße, das ist echt zu dumm, nein, es macht mir nichts aus, ich fahr los und hol eine neue, so teuer sind die nicht, nein, anders hält das nicht, und einen gesunden Zollstock solltest du dir auch gönnen, so was hab ich noch nicht erlebt.

Ob wir klarkämen, fragte sie Georgs Kumpels, die sich wortlos über die Kiste Bier hermachten, Nicole, die sich in ein Buch vertieft hatte, und den, der gern in Ruhe mit seiner Tochter gesprochen hätte, anstatt mit ansehen zu müssen, wie Tölpel Kleinholz fabrizierten. David winkte ab. Anschließend führte sie den schwarzen Minirock und die gemusterte Strumpfhose vor und schwirrte wie ein Paradiesvogel auf bunter Mission hinaus in die schäbige Welt.

Bis in den Nachmittag wurde erbarmungslos gezimmert. Als Benno, Dieter und Kalle die Küche fegten und Nicole ihnen Brote schmierte, bot Georg David ein Bier an.

»Okay, lass uns drüber reden«, sagte Georg.

»Worüber? Über die Tischlerkunst?«

»Bist ein Neunmalkluger, Alter. Ich möchte dich mal mit einem abgebrochenen Zollstock sehen. Typisch Angelina. Nun gut, man kann ihr nicht böse sein.«

»Findest du?«, fragte David.

»Ja, das finde ich.«

In der Küche fiel etwas auf die Fliesen, das nicht für einen knüppelharten Zusammenstoß konzipiert war, und zerbrach.

Scheiße, rief Georg, scheiße, passt gefälligst auf. Fegt das weg! Nur ne Tasse, rief einer, nur ne Tasse, reg dich ab.

»Dass du scharf auf sie bist, kann ich dir nicht verdenken. Meine Meinung dazu kennst du. Die hast du hoffentlich noch auf Sendung. Jetzt mal ganz ehrlich. Ich versprech dir, dass ich mich beherrsche. Ist da irgendetwas vorgefallen?«

»Nein«, sagte David kurz und trocken.

»Was heißt nein?«

»Nein heißt: Es ist nichts vorgefallen.«

»Scheiße, willst du mir das echt erzählen?«

»Was möchtest du denn gern hören?«

»Ich weiß doch, wie sie ist.«

»Wie ist sie denn?«

»Na, hast du sie dir mal angesehen? Die engen Kleider. Wie sich sich bewegt. Wie sie mit einem umgeht.«

»Du musst doch wissen, wie sie mit dir umgeht.«

Georg, wir sind soweit, nörgelten sie im Hintergrund. Gleich, trinkt noch ein Bier, rief Georg.

»Scheiße, das ist es ja. Und kein Wort zu den andern.« Georgs Kopf zuckte in Richtung Küche, bevor er die Stimme senkte und sich anbiederte. »Sie ist so sperrig. Sie macht mich heiß und lässt mich nicht ran.«

»Vielleicht verstehst du was falsch«, gab David zu bedenken.

»Was gibt es da falsch zu verstehen?«

»Meine Erkenntnisse auf diesem Gebiet sind eine Farce, de facto wertlos. Sollte ich irgendwann wider Erwarten durchschauen, was Frauen vorhaben, bezwecken oder erwarten und nach welcher absurden Logik sie handeln, bist du der erste, dem ich Bericht erstatte.«

» ... ?«

»Georg, sie lässt mich völlig kalt!« Noch während dieser eindeutigen Aussage merkte David, dass sie nicht der Wahrheit entsprach. »Zwei, drei Tage noch, und ich bin weg.«

Können wir jetzt?, wollte Benno wissen, oder Dieter oder Kalle. In einem Blaumann und mit einer Flasche Bier am Hals sah einer wie der andere aus. Scheiße, ja, knurrte Georg. Was ist denn los mit dir, Georg?! Nichts ist mit mir los, du gehst mir auf die Eier mit der ewigen Drängelei.

Nachdem sie die Kreissäge nach unten befördert hatten, kam Georg noch mal hoch und warnte David: »Auch kein Wort zu Angelina. Und Finger weg!«

Nicole blinzelte über ihr Buch hinweg.

»Was liest du denn da?«, fragte er sie.

»Du verstehst also die Frauen nicht. Immerhin ist dir das schon aufgegangen.«

»Vielleicht kannst du dazu beitragen, dass sich das ändert.«

»Kann schon sein.«

»Nicole, es geht zur Zeit drunter und drüber. Du kriegst ja mit, was hier los ist. Wir haben noch nicht mal über das gesprochen, was wir besprechen sollten.«

»Aha.«

»Du behauptest, meine Tochter zu sein.«

»Ich behaupte das nicht nur. Ich bin deine Tochter!«

»Ich hatte noch keine Gelegenheit, mich darüber zu freuen.

Ich meine, ich wusste doch bisher nichts davon. Wenn ich das geahnt hätte ...«

»Was hättest du dann gemacht?«

»Keine Ahnung. Wann sollte ich mir denn darüber Gedanken machen?!«

»Du hast dir sowieso nie Gedanken gemacht!«

»Nun hör aber mal zu!«

»Ich habe Mutters Tagebücher gelesen.«

»Stand da auch drin, warum sie sich innerhalb von zwölf Stunden auf Nimmerwiedersehen aus dem Staub gemacht hat?«

»Du gibst doch nur Mist von dir!«, schrie Nicole und schleuderte ihm das Buch an den Kopf und verkroch sich heulend im Badezimmer.

Kurz darauf kehrte Angelina heim.

»David, haben Sie ... hast du das gesehen?«

»Was?«

»Na das!«

Er sah es sich an. *Verräter! Gottes Zorn ist dir gewiss!* war mit dunkelblauer Farbe an die Außenseite der Tür geschrieben.

»Ich wische es weg«, sagte er.

»Was hat das zu bedeuten?«

»Ein Durchgeknallter. Meistens legt er Zettel auf den Abtreter. Mach dir keine Sorgen. Ein harmloser Spinner.«

»Gut«, sagte sie. »Wo ist Nicole?«

»Im Bad.«

Nicole machte schließlich auf, nachdem Angelina auf sie eingeredet hatte, und weinte sich in ihren Armen aus.

Ziemlich spät nahm David abermals auf der Bettkante Platz. Angelina stopfte das Kopfkissen hinter den Rücken und lehnte sich an. In einem Nachthemd, kaum massiver als ein Libellenflügel – ein Netz hauchdünner Seidenfäden.

Sie macht dich heiß und lässt dich nicht ran, dachte er.

Während sich ihre Brustwarzen aufstellten, erklärte sie ihm:

»Das Mädchen ist gekränkt. Ihre Mutter ist gestorben, und sie sieht ihren Vater zum ersten Mal. Das ist doch nicht so schwer zu kapieren. Du musst ihr Zeit lassen.«

»Was hat sie dir denn noch alles erzählt?«

»Es ist ganz allein eure Angelegenheit, nicht meine.«

»Ich finde keinen Draht zu ihr. Zudem steht noch gar nicht fest, dass ich wirklich ihr Vater bin. Sie taucht hier auf, macht sich breit und schmeißt mir Pippi Langstrumpf an den Kopf.«

David machte ein gekränktes Gesicht. Angelina amüsierte sich.

»Dabei wollte ich schon längst weg sein.«

»Gefällt es dir hier nicht?«, fragte sie.

»Es geht doch so nicht weiter. Ich sitze auf gepackten Koffern und wohne auf einem Sessel.«

»Mal was anderes«, scherzte sie.

»Hast du geplant, einen vermeintlichen Vater mit seiner störrischen Tochter zu beherbergen?«

»Pläne mache ich schon lange nicht mehr.«

Dann schwiegen sie eine Weile. Er versuchte, sie nicht anzusehen.

»Welches Spiel spielst du eigentlich mit Georg?«

»Was geht dich das an?« Sie zog das Bettdeck höher.

»Ach, verdammt. Was mische ich mich ein.«

»Habt ihr über mich gesprochen?«

»Ach, komm hör auf.«

»Du hast keinen blassen Schimmer, wie es ist, als Frau allein zu leben.«

»Wie sollte ich?«

»Glaub ja nicht, dass ich nicht gut allein sein kann.«

Als Mann war es allein auch nicht besser. Hatte er sich beschwert?

»Es ist was anderes, als Mann«, sagte sie, als wenn sie seine Gedanken erraten hätte, »und wenn du obendrein eine schöne

Frau bist – und von mir aus kannst du denken, dass ich mir darauf etwas einbilde und das zu meinem Vorteil nutze und dass ich zu blöd bin, um zu merken, wie ich angesehen werde –, ist es nicht unbedingt leichter.«

Das Gespräch wurde unangenehm. Jetzt hatte David zwei Frauen um sich und mit beiden redete er aneinander vorbei. Und er hatte das seltsame Gefühl, dass es seine Schuld war.

»Es ist ja nicht deine Schuld.«

Sie war Gedankenleserin.

»Ich habe auch meine Vergangenheit«, sagte sie, was auch immer sie damit meinte.

»Es ist etwas her. Mit einer Frau ...«

»Gib dir einfach ein wenig Mühe. Es lohnt sich. Es ist wesentlich unkomplizierter ... mit einer Frau.«

Wen meinte sie? Nicole, sich selbst, jede andere Frau? Warum konnte es nicht einfach mal mühelos funktionieren? Ständig wollten sie was von ihm, drängten ihn in die Ecke, mussten alles ausdiskutieren. Und am Ende gab er klein bei.

»Georg ...«

»Lassen wir das.«

»Ich möchte aber. Es ist mir wichtig, dass du kein falsches Bild von mir hast.«

»Ich habe mir kein Bild von dir gemacht.« Obwohl es nicht zutraf, hoffte er, dass sie es ihm abkaufte, wünschte er, dass ihre Unterredung ein Ende nahm.

»Georg ... Er war einfach da, als es mir schlecht ging. Verstehst du?«

Er verstand.

»Er hat mir wieder aufgeholfen. Auf seine Art. Ich bin ihm sehr dankbar dafür. Seine Art war genau richtig. Natürlich wollte er mit mir ins Bett. Beinahe hätte ich es auch getan. Aus Dankbarkeit und weil ich mich einsam fühlte ...«

David rutschte unruhig hin und her.

»Jeden Abend war er da. Komm, wir gehen raus. Du musst unter Leute. Wir gehen ins Kino. Wir gehen was essen. Es hat mir geholfen. Er ist niemand, mit dem man viel reden kann. Er hat mich in den Arm genommen und ist stolz gewesen vor seinen Kumpels, mit seinem Angelina-Baby. Er hat es versucht – aber er hat mich respektiert. Verstehst du?«

Ja, er verstand. Er war nah dran, sich neben sie aufs Bett zu legen. Doch sie verweigerte ihm die andere Hälfte. »Geh jetzt!«, sagte sie. »Geh jetzt.«

ALESSANDRO

Natürlich hatte er es vermasselt, Alessandro, der Träumer. Wahrscheinlich hatte sie seine Hand gehalten, weil sie nicht richtig auftreten konnte, nachdem sie mit dem Fuß umgeknickt war, hatte deshalb so fest zugedrückt. Sie war eine verheiratete Frau.

Maria hatte kein Frühstück für ihn gemacht. Maria war fortgeblieben. In einer Stunde hatte er den Termin. Er suchte Kaffee, doch er fand sich nicht zurecht.

Wie soll man sich den Weg merken im Dunkeln, wenn man nur Augen hat für den Mond – und Maria? Zum Glück fand er die Haltestelle wieder. Er zeigte dem Busfahrer den Zettel mit der Adresse und schaffte es, pünktlich da zu sein.

Der Pfarrer, ein humorloser Vertreter Gottes, bot ihm schwarzen Tee an. Ohne Milch und Zucker. Die Grabrede sollte besprochen werden. Der Pfarrer kannte den Großvater nur flüchtig. Oft habe er nicht in der Kirche gesehen. Alessandro sollte von ihm erzählen. War er ein gläubiger Mensch? War er ein guter Katholik? War er beliebt? Welche Interessen hatte er? Gehörte er einer Partei an, einem Verein? Vermisste er seine Heimat?

Alessandro erbat sich Bedenkzeit und kostete den bitteren Tee. Er konnte sich daran erinnern, wie Großvater geflucht hatte, Herrgott nochmal und solche Sachen, aber das wollte er lieber für sich behalten. Mehr fiel ihm nicht ein. Er war noch zu klein, sagte er zu seiner Entschuldigung, und zu Großvaters Entschuldigung, dass die Beine nicht mehr mitgemacht hätten, sonst wäre er häufiger in die Kirche gekommen.

Geheiratet hatte er nie wieder, nachdem Großmutter mit ihnen nach Italien gegangen war. Das hörte der Pfarrer bestimmt gern, war jedoch zu dürftig für eine Grabrede, und so überlegte er weiter.

Großvater war großzügig. Ja, das war er. Das sollte er vortragen. Und auf Mamas fünfzigstem Geburtstag hatte er mit Alessandro über den Tod gesprochen. Alessandro hatte sich gewundert, warum er nicht zu den anderen Geburtstagen gekommen war, zu denen davor? Es sei ein weiter Weg, aber wenn die Tochter fünfzig wird, dann werde man bald sterben, und da sei es gut, sie noch einmal zu sehen. Wieso? Was hatte Mama damit zu tun? Es hatte nur mit ihm zu tun, er war fünfundsiebzig und sich sicher, dass er sie auf ihrem fünfzigsten Geburtstag das letzte Mal sehen würde. Neunzig ist er geworden. Neunzig! Trotzdem kam es so, wie er es vorausgesehen hatte. Und Alessandro hatte seinen Großvater auf dem fünfzigsten Geburtstag seiner Mutter das letzte Mal gesehen.

Der Pfarrer putzte sich gründlich die Nase und besah sich das Resultat im Taschentuch. Sein Großvater sei ein kluger Mann gewesen. Er werde schon die richtigen Worte in der Bibel finden.

Die Haushälterin, die Frau, die zuletzt das Hotel geführt hat, heißt Maria, strahlte Alessandro, ist das nicht bemerkenswert? Maria! Sie sollten das unbedingt erwähnen.

Der Pfarrer nickte.

Alessandro fand ein italienisches Restaurant in der Stadt. Es schmeckte lange nicht so gut wie daheim und viel schlechter als das, was Maria zubereitet hatte. Außerdem war der Rotwein kalt.

Im Anschluss kaufte er eine Perle. In einem Juweliergeschäft. Sie sei sehr schön geschliffen, wenn auch nicht echt, verriet ihm der Juwelier, da müssten Sie wesentlich tiefer in die Tasche greifen, aber in einem Kästchen mit rotem Samt komme sie gut zur Geltung. Wie heißt sie denn? Maria, antwortete Alessandro stolz.

Der Himmel klarte auf. Rund und zufrieden leuchtete der Mond. Alessandro deutete das als gutes Zeichen, als er durch den Wald zurück zum Hotel spazierte. Maria hatte bestimmt auf ihn gewartet, das Abendessen war kalt geworden und sie verärgert, weil er fortgegangen war, ohne eine Nachricht zu hinterlassen.

Doch sie wird erkennen, dass ich nicht nur große Sprüche mache, wie ihr Mann, der Fernfahrer. Sie wird Augen machen. Sobald sie das Kästchen öffnet, wird sie ... Alessandro konnte es kaum erwarten.

Die Küche sah unverändert aus. Kein Abendessen. Keine verärgerte Maria. Hoffentlich war ihr nichts zugestoßen. Er wollte ja akzeptieren, dass sie verheirat war, wenn ihr nur nichts zugestoßen war. Er wollte es ja akzeptieren – und ihr trotzdem die Perle schenken. Morgen, wenn sie Frühstück machte. Frühstück machte und sang. Übermorgen war Großvaters Beerdigung. Und danach ... Was dann?

DAVID

Zwei Tage gab er ihnen noch. Was Nicole betraf – sollte sie weiterhin um den heißen Brei herum reden, wäre ihre Schonfrist vorbei. Nachdem sie die Karten aufgedeckt hatte, gab es nur noch zwei Möglichkeiten: mit ihm in den Flieger zu steigen oder sich auf die Suche nach ihrem richtigen Vater zu machen. Und Angelina ... Eigentlich gab es nichts zu klären zwischen ihnen. Nur, nach ihrer Unterhaltung gestern Nacht ... Sie hatten einander ein wenig das Herz ausgeschüttet. Nicht mehr und nicht weniger. Trotzdem hatte er das Gefühl, dass er nicht so einfach ...

Nicole rappelte sich auf dem Sofa. Die Decke, unter die sie sich verkrochen hatte, rutschte herunter. Er hob sie auf und deckte Nicole wieder zu. Da sie zitterte – so ein dünnes Mädchen! –, massierte er ihr den Rücken, und sie schubste ihn nicht weg oder mäkelte an ihm herum. Sie gab vor zu schlafen. Er hatte sie blinzeln gesehen. Das Pippi Langstrumpf Buch lag vor dem Sofa, zwischen den Stiefeln, Socken, Slips, der Zahnbürste und den anderen Sachen, die um den Rucksack herum verteilt waren. David hatte Mitleid mit ihr. Wie musste sie sich fühlen?!

Wie fühlte *er* sich gerade? Wie ein Vater, ein richtiger Vater.

»Guten Morgen.«

»Hallo Angelina.«

»Schon spät?« Sie rieb sich die verquollenen Augen.

»Keine Ahnung.«

»Sehe sicherlich zerknautscht aus. Ich hätte eher aufstehen

sollen. Das Bad ist für die nächste halbe Stunde gesperrt.«

Nicole räkelte sich.

»Hast du gut geschlafen, Nicole?«, fragte er, wie es ein Vater wohl tun würde.

»Geht so. Und du?«

Sie stellte ihm die Frage, ob er gut geschlafen hatte! Na, wenn das kein gutes Zeichen war.

»Ja«, sagte er, obwohl ihm alles weh tat. Er hatte sämtliche Möglichkeiten durchgespielt, auf einem Sessel zu übernachten, um eine halbwegs menschenwürdige herauszufinden, und war zu einem niederschmetternden Ergebnis gekommen: Es gab keine!

»Warum lügst du ständig?«, fragte Nicole.

»Findest du, dass ich das tue?«

»Ja. Du siehst ziemlich alt aus.«

»Magst du Brötchen?«

»Ja.«

»Und Croissants? Die aus der Bäckerei neben dem Supermarkt sind sehr lecker.«

»Nein.«

»Du solltest mehr essen«, empfahl ihr David, »du bist zu dünn.«

»Wäre es dir lieber, ich wäre fett und müsste mich mit Übergewicht abquälen, wie mehr als sechzig Prozent der Bevölkerung in den Industriestaaten? Weißt du, wie ungesund die Leute leben, was die Völlerei für eine Belastung für den Einzelnen und die Gemeinschaft darstellt? Ist dir bewusst, dass alles, was du zu dir nimmst, genmanipuliert ist? Rate mal, wie ich es geschafft habe, ohne deine Belehrungen über die Runden zu kommen.«

»Ich denke, deine Mutter ... war ja immer da, oder nicht? Sie wird dir doch wohl mal einen Ratschlag gegeben haben. Das wird doch noch erlaubt sein. Das ist doch normal ...?«

»Ich muss pinkeln.«

»Besetzt. Angelina ...«

»Na und?«

»Sie schließt ab.«

»Na und?«

Nicole huschte los, mit ihren blassen Beinchen, in ihrem langen weißen Hemdchen.

»Ich muss pinkeln!«

Angelina hatte Schaum vor dem Mund und dirigierte sie mit der Zahnbürste herein.

David hielt die Nase nach draußen, um herauszufinden, in welcher Montur er sich auf die Straße wagen konnte. Zur Abwechslung war es kalt, nasskalt. Die Wölkchen, die vorübertrieben, hatten den Teint gewechselt. Man konnte von Tag zu Tag besser erkennen, was sich hinter den beleuchteten Fenstern im Häuserblock gegenüber tat. Hier und dort lief der Fernseher und verschwommene Gestalten huschten vorbei. Ein scheinbar verzweifelter Typ krallte sich in eine Gardine und beschimpfte die beschlagene Scheibe. Ein Stockwerk tiefer stillte eine Mutter ihr Baby.

Er wählte den schweren Ledermantel, der ihm etwas Verwegenes gab. Schaden konnte das nicht.

Richtig was los im Supermarkt und beim Bäcker, staunte David. Die Leute trauten sich raus und waren zuversichtlich, dass bald alles seinen gewohnten Gang nehmen würde.

Angelina föhnte Nicole die Haare, und in der Küche gab die Kaffeemaschine ihr Bestes, als David mit der Brötchentüte winkte. Er rasierte sich, schließlich wollte er nicht alt aussehen, und dann machten sie sich über die Croissants her. Nicole verspeiste seins gleich mit – Genmanipulation hin, Verfettung her. Schmeckt doch einigermaßen, gab sie zu, und bild dir bloß nichts drauf ein. David verzog das Gesicht zu einer Grimasse, und die Mädels stießen sich die Ellenbogen in die Seite, seine Tochter und Angelina, die ungeschminkt noch attraktiver war und jede Jeans und jedes Top in ein Accessoire aus dem Erotik-Shop verwandelte.

»Heute bleibe ich zu Hause und werde den Tisch brauchen. Es wäre nett, wenn du deine Sachen zusammenräumen könntest, Nicole.«

»Klar, mach ich, Angelina.«

So einfach ist das also – David zog seine Schlüsse. Im Beisein von Angelina, die sich munter die Zähne putzt, geht Nicole pinkeln, und schon sind sie die dicksten Freunde. Von ihm ließen sie sich schon aus Prinzip nichts sagen.

Während Angelina Stoff für ein Kleid mit der Schere zerteilte und Nicole in Takatukaland weilte, stattete David Henris Café einen Besuch ab, legte sich bei einem Cognac eine clevere Taktik zurecht, wie er Nicole am schnellsten zum Reden brachte, und verwarf sie eine Stunde später, nachdem er sie erfolglos angewendet hatte.

Für Brettspiele erwärmte er sich so viel wie ein Ochse für die Melkmaschine. Doch am Nachmittag zogen sie ihn gemeinsam an den Tisch, um sich darüber zu amüsieren, dass er die Spielregeln nicht verstand, so schwierig seien die doch nicht.

Sie waren eine nette kleine Familie, wie sie im Buche stand, fand David. Nicole und Angelina kommentierten jeden Schnitzer, den er fabrizierte, und schmissen sich weg vor Lachen, sobald sie ihm ein Bein stellen und ihm Punkte abziehen konnten. Er war der Hahn im Korb – bis Georg hereinplatzte.

»Ich störe wohl, Angelina-Baby?«

»Quatsch, du störst nie.«

Hatte Georg an der Kreissäge noch wenig Talent entfaltet, so war er unschlagbar, wenn es darum ging, David die Stimmung zu vermiesen.

»Ich habe heute keine Fuhre. Da dachte ich, ich guck mal rein.«

»Setz dich zu uns. Spielst du mit?«, ermunterte ihn Angelina.

»Nein, das geht nicht, mittendrin«, maulte Nicole.

David war sowieso der Meinung, Georg solle sich nicht aufhalten lassen.

»Ich setz mich kurz dazu«, entschied sich dieser, ohne lange zu überlegen.

Und dann kam er aus dem Sofa nicht mehr hoch und quatschte ständig dazwischen. Scheiße, David, wie kann man so blöd sein. Nimm den anderen Stein, nein, den. Das hast du gut gemacht, Angelina-Baby, zeig's ihnen. Nun überleg doch mal, Nicole. Ja! Richtig! Oh, scheiße, nein, das konnte doch keiner ahnen. Nein, das hatte er nicht mit Absicht gemacht, um Angelina zu helfen, wie konnte sie sowas denken, und David, warum sollte er dem einen Vorteil zuschustern? Das mit der Arbeitsplatte gestern, Mann, das war ein Ding. Auf keinen Fall wollte er das Geld annehmen, auf keinen Fall, die zweite Platte ging auf seine Kappe, da wollte er kein Wort mehr drüber verlieren. Ist noch ein Bier da? Nein? Scheiße, die Jungs kriegen den Hals nicht voll, vor allem Kalle. Wie der das wegsteckte. So ging das die ganze Zeit, bis David die Würfel aufs Spielbrett donnerte.

»Nun sei doch kein Spielverderber«, erboste sich Georg, »so kurz vorm Schluss. Man muss auch verlieren können, hörst du, man muss auch verlieren können.«

Es folgte betretenes Schweigen.

»Scheiße«, schmollte Georg, »ist doch nur ein Spiel, krieg dich wieder ein. Ist doch wahr.«

»Ich habe Hunger. Du isst doch was mit, Georg?«, schlug Angelina vor und machte sich am Kühlschrank zu schaffen. Nicole widmete sich ihrem Buch. Klar wollte Georg was mitessen.

Beim Nachtisch kam wieder gute Laune auf, vor allem, weil Georg endlich mal den Mund gehalten hatte. Was nicht schwer war, so wie er die Kartoffeln in sich reinschaufelte.

Überraschenderweise kam Georg auf eine Idee, die auch David gefiel. »Angelina-Baby, ich finde, du solltest mal wieder raus.

Wie wär's mit Kino?«

»Ich komme mit!«, beschloss Nicole.

»Der Film ist ab achtzehn«, protestierte Georg.

»Meinst du, ich hab noch keinen Porno gesehen?«

»Nun hör sich einer die Kleine an. Wer redet denn davon, dass wir in einen Porno gehen? Seh ich so aus, als wenn ich Angelina in einen Pornofilm schleppen wollte.«

»Allerdings.«

»Also, ich krieg mich nicht mehr ein.«

Er kriegte sich wieder ein. Die drei zogen los. David winkte ab. Georg hatte völlig recht, es war nicht gut, sich ständig auf der Pelle zu hocken. Sie sollten sich seinetwegen keine grauen Haare wachsen lassen. Er komme bestens allein zurecht. Das sei die leichteste Übung für ihn.

David genoss die Ruhe. So war ihm die Wohnung vertraut. Er holte den Aktenkoffer und eins der Biere, die er vor Kalle in Sicherheit gebracht und hinter der Wanne deponiert hatte, und betrachtete die Scheine. Fünfzehn Jahre auf ein schlichtes Format von vierzig mal dreißig mal zehn gebündelt.

Es starteten beinahe regelmäßig Maschinen, bestätigte ihm die Frau vom Last-Minute-Schalter, in alle Richtungen, sie wären wohl über den Berg. Kein Problem, Sie bekommen ein Ticket, wenn Sie wollen.

David legte erschöpft den Hörer auf. Er fühlte sich einsam, das war nicht neu, trotzdem anders als sonst. Ihm wurde bewusst, dass er es auf Dauer nicht aushalten würde mit ihnen – eine war schon zuviel. Darum ging es ja auch nicht. Er mochte die beiden ... Vielleicht mehr als das. Sogar Georg war, mit ein wenig Abstand betrachtet, für kurze Zeit zu ertragen, weiß der Himmel warum.

Durch die Arbeit hatte David sich durchgebissen, anders konnte man es nicht bezeichnen. Beziehungen waren auf der Strecke geblieben, gar nicht erst zustande gekommen, ein Ziel vor Augen. Er bereute es nicht. Übermorgen würde er fliegen, komme was wolle. Wenn er der Stadt den Rücken gekehrt hatte, wenn er erst am Strand lag oder auf die Berge sah, oder beides, er konnte wählen, es gab genug Tickets, dann würde er zu Kräften kommen, dann würde alles wieder einen Sinn machen.

Nachdem Georg die beiden wieder nach Hause gebracht hatte, zog sich Angelina ins Schlafzimmer zurück. Sie werde sicherlich noch etwas wach sein, sie sei noch ganz ergriffen. Einige Szenen gingen ihr nicht aus dem Sinn.

Nicole war wie aufgezogen und schilderte David den Film, eine *super realistische Liebesgeschichte*, die auch noch gut ausging. Diese Marotte der Regisseure mit dem *offenen Ende* war nicht zu ertragen. Alle wollten Kunstkino machen. An die Zuschauer dachte keiner. Gab es nicht genug Elend? Was war denn gegen ein Happy End einzuwenden? Was sprach dagegen, dass die Pärchen in den hinteren Reihen rumfummelten und sich küssten?

Ob sie auch hinten gesessen hätten, wollte David wissen, ganz nebenbei. Na logisch. Georg hatte seine Hand auf Angelinas Oberschenkel, und sie haben wie wild rumgeknutscht. Wäre sie nicht dabei gewesen, wären sie übereinander hergefallen.

»Scheiße, Nicole, wir müssen endlich ernsthaft miteinander reden.«

»Jetzt sagst du auch schon *Scheiße*.«

»Verdammt, ja. Übermorgen werde ich von hier verschwinden. Und morgen möchte ich mit dir über alles reden.«

»Das ist deine Spezialität.«

»Reden?«

»Nein, das nicht. Verschwinden.«

Damit war ihre Unterredung beendet. Ja, Scheiße, verdammt nochmal. David gab sich die allergrößte Mühe. Würde das denn irgendwer irgendwann begreifen?

Sie sei wohl eingenickt, sagte sie schläfrig, aber setz dich ruhig. Angelina hatte sich auf dem Bettdeck ausgestreckt und die Hose ausgezogen. Ihr T-Shirt war wesentlich kürzer als das von Nicole.

»Ich bin gleich wach«, gähnte sie, »ich höre dir zu.«

Reden war wirklich nicht seine Spezialität.

»Wann geht die Reise los?«, fragte sie.

»Übermorgen. Wenn nichts dazwischenkommt.«

»Was sollte schon dazwischenkommen?«

»Tja, was schon?«, entgegnete er und warf einen Blick zwischen ihre Beine. Sie hatte einen String an – mit Dessous kannte er sich noch aus – und zum Glück gerade die Augen geschlossen. Er konnte nicht dauernd irgendwo anders hinschauen. Wie stellte sie sich das vor?

Dann sahen sie sich eine Zeitlang schweigend an. Sie zuckte nicht mal mit der Wimper.

Ob er vor ihr einschlief, war ihm entgangen. Als er aufwachte, lag sie unverändert da – und er am Fußende. Er deckte sie zu, so wie er Nicole zugedeckt hatte, aber das war nicht das Gleiche, und löschte das Licht. Bevor er die Tür hinter sich schloss, sagte sie: »Schlaf gut, David«, sehr leise, doch er hatte es gehört. »Schlaf gut, David«.

ERNST

Da konnte er Transparente hochhalten, da konnte er Zettel verteilen, da konnte er Türen bepinseln. Ändern tat sich sowieso nichts. Dekadent waren sie geworden. Ihre selbstgefällige Ignoranz war das Sodom und Gomorrha von heute. Die brachte nichts aus der Ruhe. Außer, wenn es ihnen an die eigene Brieftasche ging.

Ohne Geld stellten sie nichts dar. Das war ihr schwacher Punkt. Ihn konnten sie nicht für dumm verkaufen. Sollten sie ihn ruhig unterschätzen. Nur, eine andere Strategie musste her.

Für heute war Schicht. Aber morgen. Aber morgen! Morgen erlebten die ihr blaues Wunder. Nein – ihr rotes.

ALESSANDRO

Am nächsten Morgen hätte er beinahe die Perle aus dem Fenster geworfen. Und das Kästchen hinterher. Es musste etwas passiert sein. Ohne Grund bleibt sie nicht einfach so weg, nicht, nachdem sie meine Hand genommen hat, beunruhigte er sich.

Ein Telefon klingelte. Irgendwo im Haus gab es ein Telefon. Als er es gefunden hatte, war es zu spät.

Er wartete. Eine Stunde, zwei Stunden. Endlich klingelte es erneut, und er fragte: Maria, ist alles in Ordnung? Die Stimme am anderen Ende der Leitung erkundigte sich nach einem Zimmer. *Ist ein Doppelzimmer frei? Ein Doppelzimmer?* Ja, sagte Alessandro. Nein, korrigierte er sich. *Was denn nun?* Nein, es ist kein Zimmer frei. *Besten Dank*, nörgelte die Stimme und legte auf.

Lust hatte er nicht, sich einen Anzug zu kaufen, viel Geld auch nicht, aber morgen war die Beerdigung, und er konnte doch so nicht am Grab stehen. Egal ob allein oder neben Maria.

Also fuhr er in die Stadt.

»Es wird nicht einfach, in der Preiskategorie«, warnte der Verkäufer.

Schwarz erschien Alessandro zu düster. Wenn es auch üblich war, gab es denn nichts Freundlicheres? Großvater war im Grunde genommen ein optimistischer Erdenbürger gewesen. Man soll den Tag nicht vor dem Abend verdammen, hatte er mal gesagt, und da seine Haare grau waren, bereits mit fünfundsiebzig, die des Großvaters natürlich, probierte Alessandro einen grauen Anzug an. Der Verkäufer erkannte in seinem italienischen Kunden den Mann von Welt und ließ sich zu einer Grimasse hinreißen, die diskrete Bewunderung ausdrücken sollte.

»Wenngleich das Grau Sie etwas älter macht ...«

»Das kommt mir sehr gelegen«, versicherte ihm Alessandro.

»Den Anzug können Sie auch zu Ihrer Hochzeit anziehen. Ein bedenkenswerter Vorteil. Ich mache Ihnen einen Sonderpreis. Billig ist er aber nicht.«

Ein schwarzes Tuch für die Brusttasche gab es gratis dazu.

»Bei der Trauung gegen ein weißes austauschen, und der Bräutigam ist perfekt!«

Für die Rückfahrt nach Italien musste Alessandro sich etwas einfallen lassen. Das restliche Geld reichte gerade für eine Pizza, den kalten Wein und die ausstehenden Busfahrten. Doch so schnell wollte er nicht nach Bella Italia zurück. Ins Hotel hingegen schon.

Wenn ihm nicht vorher aufgefallen wäre, dass der Teppich auf dem Flur, dort, wo das Telefon hing, bis auf die Dielen abgewetzt war, er hätte geschworen, dass er den Teppich ruiniert hatte.

Mit Sicherheit war er zwei Stunden auf und ab gelaufen. Nein drei, eher vier. Der erste Marathonlauf seines Lebens, Italiens Hoffnung auf der Langstrecke, was für komische Gedanken waren ihm nicht alles gekommen. Fehlte nur die Siegerehrung. Und tatsächlich hatte das Telefon ein Einsehen.

»Maria?«

»Krkrs.«

»Maria?«

»Krkrs ... Alessandro?«

»Maria?«

»Die Leitung ist so schlecht. Alessandro, was für eine Überraschung!«

» ... ?«

»Allessandro? Bist du da?«

»Ja.«

»Ich kann dich so schlecht verstehen? Warum keuchst du so?«

»Ich habe gerade einen Marathonlauf gewonnen.«

»Was? Krks.«

»Einen Marathonlauf.«

» ... ?«

»Ich habe nur einen Spaß gemacht.«

»... Krks ...?«

»Wieso bist du überrascht?«

»ÜberKrks ...?«

»Überrascht. Wieso bist du überrascht?«

»Weil ich dich endlich Krks ...«

»Gib mir deine Nummer. Ich ruf zurück. Vielleicht ist die Störung dann weg.«

»Hast du was zum Krks ...?«

»Habe ich.«

»49Krks67Krks ...«

»Bitte noch mal.«

»4Krks16Krks5 ...«

Nachdem Alessandro die Telefonnummer von Maria nach mehrmaligen Krks ... notiert hatte, fragte er: »Rufst du von zu Hause an?«

»Krks.«

»Ist dein Mann zu Hause?«

» ... ?«

»Ist dein Mann zu Hause?«

»Willst du ihn spreKrks ...«

»Nein!«

»Warum willst du ihn Krks ...?«

»Ich will ihn nicht sprechen!«

»Er ist nicht Krks.«

Das Gespräch nahm einen kuriosen Anfang.

Als Alessandro zurückrief – die Nummer war, Maria sei Dank, vollständig –, hatten sie die Störung überlistet.

»Unser erstes Telefonat, und dann sowas! Ist das nicht lustig?«

»Alessandro, ich habe mir den Knöchel verstaucht. Im Wald.«

»Hast du Schmerzen?«

»Es ist nicht schlimm. Ich war beim Arzt, dann habe ich dich nicht erreicht, und dann ...«

»Und dann?«

»Du bist hoffentlich nicht verhungert.«

»Ist dir aufgefallen, dass wir uns duzen?«

»Ist das in Ordnung?«

»Gehst du morgen mit zur Beerdigung?«

»Nein.«

» ... «

»Ich kann schlecht laufen.«

» ... «

»Wann wirst du fahren, Alessandro?«

»Bald. Ehrlich gesagt, weiß ich es nicht. Wohl bald.«

» ... «

» ... «

»Nach der Beerdigung ... Du wirst hungrig sein. Ich komme ins Hotel. Möchtest du?«

»Ja.«

»Wirklich?«

»Ja!«

»Bis morgen.«

»Bis morgen.«

Alessandro ließ sich aufs Bett fallen. Er brach förmlich zusammen. Konnte keinen Meter mehr gehen. Wie sollte er Marias Worte deuten? Ihr Mann ... Vielleicht war er von einer Fernfahrt zurückgekehrt, hatte sie nach dem Zustandekommen ihrer Verletzung gefragt und war wenig erfreut – um es vorsichtig auszudrücken, man sollte nicht gleich mit dem Schlimmsten rechnen –, dass sie sich von einem jungen Ausländer nachts durch den Wald führen ließ. *Machos. Einer wie der andere. Lebst du hinter dem Mond? Wie alt bist du eigentlich? Sie fällt auf einen kleinen Italiener rein. Das muss man sich mal reinziehen! Kann man dich denn keine Sekunde allein lassen?* Fernfahrer sind harte Knochen, richtige Haudegen, Ritter der Landstraße werden sie genannt. Womöglich wurde sie von ihm geschlagen. Alessandro bekam ein schlechtes Gewissen. Eine verheiratete Frau ist eine verheiratete Frau. Er konnte nicht behaupten, dass er es nicht gewusst hätte.

Trotz alledem bereitete sie ihm ein Essen. Nach der Beerdigung. Trotz des verstauchten Fußes. Noch bestand Hoffnung. Eine Perle wie Maria, die fand man nicht jeden Tag.

Wie hatte Großvater es ausgedrückt? Wenn sie aus freien Stücken zu dir kommt, dann bleibt sie für immer.

DAVID

Kein Wunder, dass die Leute früher kleiner waren. Wie kann man nur auf die beknackte Idee kommen, im Sitzen zu schlafen. Freiwillig! Wann das so war und wieso, war David entfallen, wie vieles andere aus der Schulzeit. Kurzum, ihm tat der Rücken weh und nicht zu knapp. Nicole und Angelina flitzten in ihren Hemdchen durch die Bude und kümmerten sich nicht um den müden Kerl, der seine Frühgymnastik machte und beim kläglichen Versuch, sich zu voller Größe aufzuschwingen, die Wirbel knacken ließ.

Da ihm die Aufgabe zugeteilt wurde, für Brötchen und Croissants (*zwei* für Nicole!) zu sorgen, steuerte er den Supermarkt an – gebeugt und ungewaschen, denn vor dem Frühstück war das Badezimmer für ihn tabu. »Ladys first«, riefen sie ihm fröhlich zu.

Auf dem Heimweg überkam David das Gefühl, dass ihm jemand folgte. Sicherlich nur die gepresste, klebrige Luft, die ihm auf den Pelz rückte, beruhigte er sich. Das unentwegte Auf und Ab des Thermometers erzeugte entweder Fieberschübe oder Schüttelfrost! Unmöglich, dabei einen klaren Kopf zu behalten. Doch was kümmerte ihn das noch? Ein Kinderspiel, einen letzten Tag in dieser überspannten Stadt durchzustehen. Ein Kinderspiel für einen, der fünfzehn Jahre durchgestanden hatte.

Angelina strahlte eine Präsenz aus, die körperlich fühlbar war. Über zehn Meter, durch vier Mauern hindurch – Stahlwände hätten nicht ausgereicht – spürte David ihre Anwesenheit. Nun saß sie eine Armlänge entfernt und musterte ihn mit ihren vieldeutigen Augen, die mal grün, mal braun schimmerten, als wenn sie darauf wartete, dass er in irgendeiner Form in Aktion trat, während Nicole selbstvergessen an ihren Croissants herumknabberte.

David stand wohl die Ratlosigkeit ins Gesicht geschrieben, und ob sie ihm gut zu Gesicht stand, war ihm egal. Wer konnte ihm das verdenken?

Jedenfalls seufzte Angelina leise.

»Ich mache ein paar Besorgungen«, kündigte sie an, nachdem sie gemeinsam den Abwasch bewältigt hatten.

»Ich helfe dir«, bot sich Nicole an.

»Nein, das geht nicht«, wurde sie von Angelina gebremst, bevor David sich einmischen konnte.

Und dann hockten sie sich gegenüber. David auf seinem Sessel-Bett-Zuhause und Nicole mit angezogenen Knien auf dem Sofa.

»Nun?« David eröffnete ihre Unterredung.

»Was nun?«

»Was heißt hier *was nun*?«

»Wird das ein Verhör?«

»Nicole, wenn du weiterhin die Verschlossene spielst, wissen wir Weihnachten noch nicht, ob wir ...«

»Was hast *du* denn bisher von dir gegeben?«

»Wie meinst du das?«

»Woher weiß ich, wer du bist?«

»Ich dachte, du wärest dir so sicher?«

»Das bin ich auch. Ich bin mir sogar sicher, was ich will.«

»Na prima. Das sieht ganz nach deiner Mutter aus.«

»Kein Wunder, dass es keine Frau mit dir aushält«, sagte Nicole scharf.

»Wer sagt denn, dass ich ... Gut, so kommen wir nicht voran.«

»Schön, dass du das kapierst.«

»Verrat mir doch, was du willst. Vielleicht bringt uns das weiter«.

David war genervt. Hochgradig genervt.

»Ich habe dich jetzt drei Tage lang beobachtet«, klärte ihn Nicole auf.

»Hast du das?«

»Es ist sehr aufschlussreich, wie du mit Frauen umgehst.«

»Mit welchen Frauen?«

»Mit mir. Und mit Angelina.«

Jetzt kam *die* Tour. Eine Siebzehnjährige – war sie überhaupt siebzehn, darüber sollten sie sprechen, mal einen Kalender in die Hand nehmen, dann könnten sie sich alles Weitere womöglich ersparen –, ein Teenie, der verspätet von der Pubertät überrascht worden ist, erklärte ihm die Welt. Deshalb kamen sie aus dem Bad nicht mehr heraus. Sie wussten alles über Männer, vor allem über David. Die eine feilte sich stundenlang die Nägel, die andere drückte sich in aller Seelenruhe Pickel aus, und nebenbei analysierten sie ihn und wussten Bescheid – nach drei, vier Tagen.

»Und wie gehe ich mit Frauen um?«

»Du eierst ständig rum. Du hast Angst, dich zu zeigen.«

»Ich habe euch nicht eingeladen.«

»Genau *so* verhältst du dich.«

»Was sollte ich deiner Meinung nach tun?«

»Willst du das wirklich wissen?«

»Unbedingt.«

»Die Augen aufmachen. Und dich entscheiden.«

»Was soll ich denn entscheiden?«

»Bist du blind?«

»Ich habe meine Entscheidung getroffen. Schon lange. Wenn man mich endlich mal lassen würde, dann ...«

»Wer hält dich denn zurück?«

»*Was willst du von mir, Nicole?*«

»Dass du dich entscheidest. Dass du mal du bist. Dass du aufhörst, den Vater zu spielen. Dass du mir erzählst – von damals.«

»So kann man das auch machen. Den Spieß einfach umdrehen. Jetzt bist du fein aus dem Schneider.«

»Gib mir Geld.«

» ... ?«

»Gib mir Geld und du siehst mich nie wieder.«

» ... ?«

»Es ist mein voller Ernst.«

»Bin ich wirklich so schlimm?«

» ... «

»Ich geh mal pinkeln«, sagte David mit ironischem Unterton. »Gleich erzähle ich dir von damals – und danach bist du dran. Abgemacht?«

»Abgemacht.«

David wusch sich das Gesicht. Er holte den Aktenkoffer hinter der Wanne hervor und steckte sich so viele Geldbündel in die Hosentaschen wie möglich. Große Scheine, er hatte alles in großen Scheinen haben wollen. Damit es in einen Aktenkoffer passte. Er musterte sich im Spiegel. Trugen nicht die meisten eine Maske?

Es war also nicht möglich, die Vergangenheit zu begraben. Nicht für ihn.

»Du pinkelst aber lange.«

»Nicht länger als du.«

Nicole musste auch noch mal. Während sie die Spülung betätigte, stopfte er die Geldbündel in seinen Mantel.

»Wir waren einfach zu jung«, begann David seine Rückschau.

Nicole verdrehte die Augen.

»Verdammt, das ist eine Menge Jahre her. Ich muss mich konzentrieren. Kannst du mich mal nachdenken lassen?«

Ja, sie konnte. Er wollte sie an seiner Stelle sehen. Sie komme auch noch dran. Abgemacht sei abgemacht. Ja, er werde sich jetzt beruhigen.

»Ich habe sie geliebt, da kannst du gucken, wie du willst. Nach zwei Jahren sind wir zusammengezogen. Wir waren wie die Kletten. Kaum auseinanderzukriegen. Und Geld? Um darauf zurückzukommen: Wir brauchten nicht viel. Es war immer genug da. Damals ... wie das klingt ... damals kamst du mit ein paar Scheinen über den Monat, und die Sonne schien, wenn auch nicht immer. Nun gut, zurück zum Thema. Ich habe den Punkt verpasst, an dem es anfing. Das schlich sich so ein. Die Zufriedenheit war futsch. Statt Sonnenschein dicke Luft. Frag mich nicht, wieso. Wir haben uns gestritten – und sie konnte austeilen, entschuldige, sie konnte austeilen. Spätestens da habe ich den Überblick verloren. Aus mehr oder weniger heiterem Himmel kam sie mit dieser Idee. Wie Frauen das so machen, wenn sie die Beziehung retten wollen. Ja, verdreh nur die Augen. Hab ich nicht zugegeben, dass ich nie dahintergekommen bin ... Gut, es war mehr als das. Ihr *sehnlichster Wunsch.* Und ich brauchte ein bisschen Zeit. Sie hat mich bearbeitet, dass die Fetzen flogen – und hinterher lagen wir uns in den Armen. Ich wusste nicht mehr, wo oben und unten war. Ich konnte mich nicht entschließen.«

Warum war das so schwer?, fragte er sich. Heißt es nicht, die Zeit heile alle Wunden. Der Kloß im Hals und die Magenschmerzen kehrten zurück.

»Möchtest du auch ein Bier?«

»Mhm«, brummte Nicole.

Gut, dass noch welche hinter der Wanne standen.

Sie tranken was. Der Kloß und die Magenschmerzen lösten sich auf.

»Es kam eine Phase, eine kurze, bevor sie ... Es schien, dass das Thema gegessen war. Ich dachte, es wäre so. Wir verstanden uns, wie zu Anfang. Dabei war mir entgangen, dass sie sich verändert hatte. Wie dem auch sei: Ich malte es mir aus. Und ich wünschte es mir allmählich, nicht so stark wie sie, aber man wächst doch auch hinein ...«

»Hast du es ihr gesagt?«

»Ich hatte es vor. In Anbetracht dessen, was in der Nacht zuvor geschehen war ... bevor ich nach Hause kam, und alles was ich vorfand, außer leeren Wänden, die von meinen Schritten hallten, war ein Brief, den ich nicht verstand ... in Anbetracht dessen, was in der Nacht zuvor geschehen war, verstand ich es nicht. In dieser Nacht ist es möglicherweise passiert. Sie schien mir sehr glücklich.«

Auch zu zweit konnte die Wohnung still sein.

»Du wolltest also ein Kind?«, fragte Nicole mit gedämpfter Stimme.

»Ich denke ja. Hundertprozentig war ich mir nicht im Klaren darüber.«

»Mhm.«

»Vielleicht hatte sie einen anderen Mann getroffen, einen, den sie auch liebte. Mehr liebte als mich. Der zu allem bereit war. Zu hundert Prozent.«

»Mhm ...«

David ging zu ihr herüber und drückte sie an sich.

»Wenn du meine Tochter bist, dann ...«

»Und wenn nicht«, unterbrach ihn Nicole, »was dann?«

Sie versuchte, ein Stück von ihm abzurücken, doch er hielt sie weiter fest im Arm.

»Bin ich jetzt dran?«, fragte sie.

David nickte.

»Du willst also die Wahrheit wissen, bevor du dich entscheidest?«

» ... «

»Und danach?«

» … «

»Wirklich?«

» … «

»Nach welchen Kriterien entscheidest du denn? Falls du dich mal entscheidest?«

»Nicole, das ist nicht fair. Wir hatten etwas abgemacht!«

»Gut.«

»Das Tagebuch …«, half er ihr auf die Sprünge.

»Welches Tagebuch?«

»Das Tagebuch!?«

»Gut.«

»Nicole!«

»Ich fang ja schon an!«

In diesem Augenblick betätigte jemand die Türklingel. Diesmal war es David, der mit den Augen rollte. Eigentlich konnte nur Georg, die Abrissbirne, mit einer derartigen Präzision seine Arschbomben platzieren.

Es klingelte erneut.

»Wollen wir nicht aufmachen?«, fragte Nicole.

»Nein.«

Das Klingeln wurde drängender.

»Vielleicht hat Angelina ihren Schlüssel vergessen?«, gab sie zu bedenken.

Das Klingeln wurde noch drängender.

Georg konnte sich auf was gefasst machen. Und wenn es dieser bescheuerte Wanderprediger mit den Farbtöpfen war … Gott stehe ihm bei! Na klar, nur der konnte es sein, denn der letzte Klingelton war verpufft wie das Amen in der Kirche.

»Ich schmeiße ihm nur den Wisch hinterher und bin sofort wieder da. Geh jetzt nicht pinkeln!«

» … «

David schnellte also hoch, so drahtig und energisch wie die letzten fünfzehn Jahre nicht mehr, riss die Tür fast aus den Angeln und setzte an, sich vornüber zu neigen, um sich den Wisch, den er auf dem Abtreter vermutete, zu schnappen. Nur, funktionierte das nicht, stellte er fest, mit einer Pistole an der Stirn.

ALESSANDRO

Mindestens drei Jahre älter, schätzte Alessandro. Und zwei, drei weitere auf der Beerdigung, denn es war seine erste, die erste, an der er teilnahm, als Gast, als Angehöriger, und wenn er auch mehr in Gedanken bei Maria war, so war ihm doch mulmig zumute. Leicht würde er das nicht wegstecken. So käme er auf rund dreiunddreißig, und da es ihm erschien, dass Maria immer jünger wurde – am Telefon klang sie wie eine Abiturientin, na sagen wir: Studentin –, hätte er sie überholt, und beim Leichenschmaus, wie konnte man sich nur einen so unappetitlichen Ausdruck ausdenken, beim gemeinsamen Abendessen würde sie erkennen, dass der kleine Alessandro ein eleganter Herr war, in seinem grauen Anzug. Und auch ohne – im Anschluss. Unter Umständen ...

Sollten sie doch alles auf die Schienen bringen. Wozu gab es überhaupt noch Fernfahrer?

Er probierte spaßeshalber, Großvater hätte nichts dagegen gehabt, ein weißes Tuch aus, in der Brusttasche des Jacketts. Heiraten war unnötig. Wozu? Wer aus freien Stücken kommt, braucht keinen Vertrag. Das ist eine uralte Weisheit.

Mit dem weißen Tuch bekam der Anzug einen Touch von Das-ist-ein-Mann-den-frau-vorzeigen-kann. Nun gut, der Verkäufer ist für den Umsatz zuständig, dennoch hatte er mit seiner Schmeichelei ins Schwarze getroffen. Nein, ins Graue. Ach, Alessandro war aufgeregt. Albern durfte er nachher nicht sein. Beim Begräbnis nicht, beim Essen schon gar nicht.

Wie ein untrainierter Marathonläufer am Tag nach dem Rennen durch die Gegend zu humpeln, war nicht besonders schicklich. Der letzte Muskelkater reichte bis in die Kindergartenzeit zurück. Besonders sportlich war er nie, und fünf Stunden auf einem Flur hin- und herzugehen war beileibe keine Heldentat, derer er sich rühmen konnte. Er musste etwas unternehmen. Auslaufen nannten sie das beim Fußball. Erneut lief er den Flur rauf und runter. Durchaus möglich, dass Maria es sich anders überlegte, mit der Beerdigung, nicht mit dem Essen. So blieb er in der Nähe des Telefons.

Großvaters Zimmer hatte er vergessen. Bis zum Nachmittag. Doch nun wurde es Zeit. Er wollte früh da sein, wollte seinen Großvater sehen, ein letztes Mal. Bei dem Tempo, in dem er vorankam, das waren keine Beine, das waren Stelzen, durch den Wald, dann vom Bus zur Kapelle – Alessandro sputete sich.

DAVID

Die Pistole ging nahtlos in einen ausgestreckten Arm über. Der ausgestreckte Arm in einen vermummten Mann, der sich darüber hinaus in Schweigen hüllte. David begriff, dass er rückwärts gehen sollte, denn der Druck des Revolvers erhöhte sich. Im Anblick des Todes ziehe in Sekundenbruchteilen das gesamte Leben an einem vorüber, berichten die, denen es vergönnt ist, darüber zu berichten. Vor Davids innerem Auge entblätterten sich mit einer erschreckenden Klarheit die letzten fünf Tage. Daraufhin war er kurz benommen. Anschließend verfluchte er den Erfinder von Anrufbeantwortern.

Dann hörte er sich sagen: »Ganz ruhig.«

»Bleiben *Sie* lieber ruhig«, fauchte der Vermummte durch die Strickmütze, die ihm bis ans Kinn reichte und so eingeschnitten war, dass seine gereizten Augen hindurchsehen konnten.

Der religiöse Fanatiker, kombinierte David. Steht mächtig unter Strom. Nur nichts Unbedachtes veranstalten.

»Ich bin kein Verräter«, versuchte er es aufs Geratewohl.

Der Vermummte schloss die Tür hinter sich.

»Reden Sie keinen Mist. Wo ist die mit den langen Haaren? Die Rothaarige?«

»Sie hat nichts damit zu tun.«

Lenk ihn ab, erzähl ihm irgendeinen Schwachsinn. Hättest du bloß die Bibel studiert. Nicole durfte nicht in die Schusslinie dieses Wahnsinnigen geraten, Tochter hin, Tochter her, das war ihm auf einmal so egal. Nur über seine Leiche. Wenn er ihr auch nur ein Haar krümmte, würde David ausrasten.

Bevor David einen gedanklichen Zeitsprung in den Konfirmandenunterricht unternehmen konnte, brüllte ihn der Vermummte an, er *siezte* ihn, wobei sich seine Stimme überschlug. David überlegte: Woher kennst du die Stimme? Woher kennst du die?

»Sie soll rauskommen!«

»Nicole, zeig dich. Komm hinter dem Sofa vor oder wo auch immer du steckst!«

Hinter Davids Rücken raschelte es.

»Setzen Sie sich!«, kommandierte der, der durch die Mütze sprach. »Zu ihr, aufs Sofa!«

David gehorchte. Im Rückwärtsgang tastete er sich zum Sofa, wie ein unterwürfiger Hund, der in ein Minenfeld geraten ist. Nicole klammerte sich an seine Schulter und biss sich neben ihm auf die Lippen. Er spürte immer noch den Druck der Waffe an der Stirn, obwohl der Typ mit der zu tief sitzenden Mütze, dieser Irre mit der Knarre, auf dem Flur Wurzeln schlug.

»Wo ist die Frau?«

Es machte wenig Sinn herumzudrucksen. Der Typ kannte sich aus, hatte sie beobachtet. Es ging jetzt darum, ihn zu beruhigen.

»Sie ist einkaufen gegangen.«

Die Waffe senkte sich. Das als Zeichen der Entwarnung anzusehen, wäre töricht gewesen.

»Wo ist das Geld?«

»Welches Geld?«, mimte David den Unwissenden.

»Verkaufen Sie mich nicht für dumm. Der Aktenkoffer! Wo ist der Aktenkoffer?!«

Gut, das war zwar bitter, wahrhaft bitter, unendlich bitter, aber eine Perspektive, um mit heiler Haut davonzukommen.

»Wir regeln das«, beschwichtigte David.

»Was wird das?«, erkundigte sich Nicole erstaunlich ruhig.

»Erklär ich dir später.«

»Na los!«, krähte der Typ. »Los, los, los!«

»Lassen Sie das Mädchen vorher gehen«, bat David.

»Für wie blöd halten Sie mich eigentlich?«

Es gibt Fragen, da verkneift man sich besser die Antwort. Der Typ war nicht blöd, nur ziemlich abgedreht. Das Ganze geriet unangenehm ins Stocken, also bewegte sich David in Richtung Badezimmer, die Hände erhoben, bereit, den Aktenkoffer zu holen.

»Ich hole den Aktenkoffer.«

»Sie soll ihn holen.«

»Ich mach das«, erklärte sich Nicole bereit.

»Hinter der ...« David stockte, als das Geräusch, das der Schlüssel im Türschloss verursachte, ihm das Wort abschnitt.

Der Vermummte hechtete an die Wand, an die Seite, zu der die Tür geöffnet wurde, und war demzufolge nicht zu sehen, bis Angelina, die sich schwer mit Einkaufstüten beladen hatte – es waren praktisch nur ihre Beine zu sehen –, die Tür mit der Hacke in ihre Ausgangsposition beförderte.

»Habt ihr euch gestritten?«, fragte sie durch eine Lücke in den Tüten hindurch, während in ihrem Windschatten ein nervenschwacher Krimineller an seiner Strategie zweifelte.

»Angelina.«

»Was ist los, David?«

»Ich muss dir etwas sagen. Setz dich, Angelina, setz dich.«

»Aber David ...«

Sie streifte den Mantel ab und legte ihn über die Lehne eines Stuhls. Musste sie gerade heute ihr neues Kleid ausführen? Hoffentlich outete sich der Typ nicht obendrein als Triebtäter.

»Gib mir deine Hand.«

Sie gab sie ihm, und er zog Angelina sanft neben sich.

»David.«

»Angelina, versprich mir, dass du nicht schreist.«

»Warum sollte ich schreien?«

»Neben der Eingangstür steht ein Maskierter mit einer Waffe.«

»David. Was soll das?«

Sie löste ungläubig ihren Blick, den sie zuvor fragend in Davids Augen versenkt hatte, und erkannte, dass er nicht scherzte. Bevor sie schrie, lag Davids Hand auf ihrem Mund. Danach lag Angelina in seinen Armen. Sie war betörend weich und duftete nach Rose, nach Rosenöl mit einem Tropfen Zeder – unter weniger widrigen Umständen eine inspirierende Erfahrung. Zu gegebener Zeit würde er sie auf eine ungetrübte Fortsetzung der innigen Kontaktaufnahme ansprechen, vorausgesetzt, sie kamen mit heiler Haut davon. Vorher galt es, den Aktenkoffer herbeizuschaffen und den Irren zum Teufel zu jagen.

Nachdem der Maskierte das Schauspiel unbewegt durch seine Sehschlitze verfolgt hatte, wurde er zappeliger. Angelina verkrallte sich in Davids Arm.

»Los doch!«, brach er sein Schweigen mit einem weinerlichen Unterton in der Stimme.

Er hat sich übernommen, schlussfolgerte David. Jetzt einen Schritt nach dem andern. Tunlichst unaufgeregt.

»Nicole, im Badezimmer steht hinter der Wanne ein Aktenkoffer. Und komm sofort zurück!« David forcierte das Tempo. »Und geh nicht pinkeln!«

Unbeeindruckt folgte Nicole seiner Aufforderung. Klasse, wie sie das machte. Ganz seine Tochter.

»Sehr gut«, lobte David, »gib ihn mir und geh zu Angelina.« Wenn ich das durchstehe, wenn ich das durchstehe, dachte er.

»Ich zeige Ihnen den Inhalt«, wandte er sich an den Vermummten, »und dann stelle ich den Aktenkoffer zu Ihren Füßen auf den Boden. Sie wollen doch, das ich das so mache.«

»Genau so. Zu meinen Füßen.«

Der Stimmlage nach zu urteilen, schätzte David, ist der Typ Mitte zwanzig, wir haben nichts zu befürchten, wenn wir ruhig bleiben. Zumindest hoffte er, dass er sich in diesem Punkt nicht täuschte. Es durfte nur nichts Unerwartetes passieren. Er hatte alles im Griff.

Also öffnete er den Aktenkoffer und zeigte die Scheine, klappte ihn wieder zu, und als er ihn lautlos zu Füßen des Vermummten stellte, schlug ein schrilles Klingeln eine empfindliche Wunde in die heikele Zeremonie, wie ein geschliffenes, glühendes Messer, das ein Stück Butter zerteilt.

»Wer ist das, wer ist das?«, keuchte der längst überforderte Maskenmann.

»Ich weiß es nicht«, sagte David, und es entsprach der Wahrheit. Und er wünschte, dass nicht zutraf, was er vermutete.

Erneutes, unerbittliches Klingeln.

»Der geht gleich«, versicherte David, und er wusste, dass es nicht stimmte, wenn seine Vermutung zutraf.

Ungeduldiges Klopfen.

»Angelina-Baby, bist du da?«

Davids Befürchtung bestätigte sich.

»Angelina-Baby, ich höre doch, dass ihr da seid? Was soll denn das?«

David erhielt einen Wink mit der Knarre, was so viel heißen sollte wie Mach-die-Tür-auf-aber-sorg-dafür-dass-es-kein-Problem-gibt.

Das Problem stand bereits vor der Tür. Einer, der Präzisionsarbeiten mit der Kreissäge erledigte, würde gleich einen Raum betreten, in dem man sich nur mit äußerster Feinfühligkeit bewegen durfte.

David ließ ihn rein. Georg rauschte an ihm vorbei, mit dem Esprit eines Totengräbers, der eine Hochzeitsgesellschaft überraschen möchte. In seinem glänzenden schwarzen Anzug, den gewienerten Lackschuhen, die gegelten Haare jedem Wirbelsturm trotzend.

»Scheiße, warum macht ihr denn nicht ...?«

Das »auf« blieb ihm im Halse stecken. Die Tür war zugeknallt. Der Maskierte und dessen Arm mit der Knarre bildeten einen perfekten Winkel von neunzig Grad.

»Ist der echt? Scheiße, ist das ein Überfall?«

»Georg, wenn's auch schwerfällt, halt ausnahmsweise die Klappe!«, bestimmte David.

Er hielt die Klappe. Besser gesagt, sperrte er Mund und Nase auf und stierte von einem sorgenvollen Gesicht zum nächsten, stierte ungläubig auf den Revolver in der Hand des Irren mit den funkelnden Augen und der Wollmütze bis zum Kinn. Georg stellte unnachahmlich das Ebenbild eines renitenten Optimisten zur Schau, der in seinen Grundfesten erschüttert wird.

»Bitte nehmen Sie den Koffer«, sagte David.

Im selben Augenblick klapperte es im Treppenhaus.

»Wie viele seid ihr?«, krächzte der Vermummte. »Wie viele seid ihr?« Da er keine Antwort bekam, schnaubte er: »Du!« Angelina war gemeint. »Steh auf! Steh auf!!! Du kommst mit. Bis wir hier raus sind.«

Angelinas Kleid war tief ausgeschnitten, ziemlich tief, und sie machte keinen Hehl aus ihren vollen, stolzen Brüsten. So ließ sich David ablenken – der Irre nicht minder –, als sie sich vorbeugte, um dem Befehl nachzukommen. David hätte Georg nicht aus den Augen lassen dürfen. Denn der Totengräber mit den widerlichen Koteletten, beileibe kein Leichtgewicht, flog unaufhaltsam durch die Luft – zwei Fäuste für ein Halleluja!

Nach dem Schuss kniete Georg und studierte entgeistert das Blut an seinen Händen. Es stammte ursprünglich von dem Mann mit der dilettantischen Maske, der alle viere von sich gestreckt hatte, jeglicher Aussicht beraubt, jemals darüber nachzusinnen, was in seinem Leben schiefgelaufen war.

Die Frauen waren sofort auf der Höhe und stürmten hinzu. Sie waren nicht kleinzukriegen. In David regte sich das Bedürfnis, es sich bequem zu machen und zu schlafen.

»Scheiße. Das Ding ist von alleine losgegangen. Scheiße, ich konnte doch nicht mit ansehen, wie er dich wegschleppt, Angelina-Baby.«

Nicole reichte ihm ein Glas Wasser. Angelina streichelte sein Gesicht, den Teil, der nicht von scharfkantig rasierten Zotteln verunstaltet war.

»Es war ein Unfall, Georg. Ein Unfall!«, redeten sie auf ihn ein.

»Scheiße! Was mach ich bloß? Ich habe einen Menschen auf dem Gewissen. Das kann sich keiner vorstellen, was das bedeutet. Das lässt sich nie wieder einrenken!«

Und schon lag auch er ausgestreckt am Boden. Mit dem Unterschied, dass er wimmerte und zuckte.

Angelina hielt es für das Beste, die Polizei zu verständigen. Nein, sie würden ihn nicht einsperren. Jeder der hier Anwesenden konnte bezeugen, dass es ein Unfall war. Den maskierten Eindringling ausgenommen. Er hatte sich wie ein Gladiator in die Schlacht geworfen, Kopf und Kragen riskiert.

»Tu‘s nicht Angelina. Die buchten mich ein, das geht ruckzuck, du hast keine Ahnung davon, wie es im Knast zugeht. Scheiße, was für ein verkorkster Tag.«

So ging das eine Weile hin und her, bis sie Georg wieder aufgerichtet hatten, er sich daran erinnerte, dass er, scheiße noch mal, die Fuhre unten im Wagen abliefern müsse, und Angelina auf eine Idee kam, auf die normalerweise nicht mal Betrunkene kommen.

David setzte sie davon in Kenntnis, dass sie bei dieser Schnapsidee keinesfalls mit seiner Unterstützung zu rechnen brauchten. Aber für die Frauen war es bereits beschlossene Sache, sie wollten es partout ausprobieren. Das sei das Mindeste.

»Vertrau auf unsere Intuition!«

Nachdem sie an seine Nächstenliebe und Ritterlichkeit appelliert hatten, stemmte er mit Georg den Sarg nach oben. Durch ein enges Treppenhaus mit Geländer. In den fünften Stock! Mit seinem lädierten Rücken – und dem Aktenkoffer im Schlepptau. Den würde er so schnell nicht mehr aus der Hand geben.

»Lass uns die Kiste hochkant nehmen«, schlug er zur Erleichterung vor.

»Mit dem Kopf nach oben? Oder den Füßen?«

»Das ist nicht wahr?! Sag bloß nicht, dass die Kiste belegt ist. Sag das jetzt bloß nicht!«

» … «

David rang mit seiner Fassung.

»Die Dinger sind groß genug. Da passen locker zwei rein«, dozierte Georg.

»Hoffentlich hast du dich diesmal nicht vermessen.«

»Der Typ ist nicht besonders kräftig.«

»Der ist platt wie die Arbeitsplatte. Die erste. Du hast ganze Arbeit geleistet.«

Georg sackte schluchzend in sich zusammen. Dann spuckten sie in die Hände und schafften den Sarg, ein einfaches Modell, wie Georg nebenbei bemerkte, in die Wohnung.

Angelina hatte Kaffee gekocht – fehlten nur die Kekse. Sie sollten sich stärken, ob das makaber sei oder nicht, schlappmachen konnten sie später.

Da anscheinend keiner das Verlangen verspürte, den nächsten Schritt des Plans anzugehen – so viel Kaffee, wie sie tranken, war schlichtweg ungesund –, hielt sich David ein Taschentuch vor die Nase und schob den Deckel zur Seite. Ein Grauhaariger, mit gebügeltem Hemd, Krawatte, Weste und dickem Bauch. Georg sah sich außer Stande. Angelina fasste mit an. Bäuchlings, stellte David zur Diskussion, das sei anatomisch anzuraten, eine Wirbelsäule mache das andersherum nicht mit. Sie kriegten den Deckel einwandfrei zu.

»Siehste!«, tönte Georg.

Als sie den Sarg ins Treppenhaus stemmten, wankte Georg

plötzlich. Der massenhafte Kaffee, er stehe das nicht durch. David stützte ihn und lud ihn vor Angelina ab. Georg klammerte sich an ihre Beine, die Nase in der Auslegeware. Ein Windzug schloss barbarisch die Tür.

»Angelina-Baby. Angelina-Baby.«

»Georg ist völlig am Ende«, folgerte Angelina. »Fährst du, David?«

»Wenn du das machen würdest. Der Sarg kommt heute in die Erde. Allein krieg ich den nicht aus dem Wagen. Scheiße, das werde ich dir nie vergessen.«

David legte den Kopf in den Nacken und inspizierte die Decke. Hier und da löste sich die Farbe und hatte an Glanz verloren. Ein neuer Anstrich war unumgänglich. Und die Lampenkabel lagen bloß – ungefährlich war das nicht. Nicole bettete ihren Kopf an seine Schulter und zupfte einen Fussel von seinem Hemd.

»Ich bin stolz auf dich«, ließ sie ihn wissen.

Wer hätte da lange überlegt?

Georg erdrückte ihn beinahe vor Dankbarkeit – dazu reichte die Kraft.

»Unter einer Bedingung, Georg, unter einer Bedingung. Nein, zwei.«

»Ich mache, was du willst!«

»Sag während der Aktion nicht ständig *Scheiße!* und hör auf mein Kommando!«

»Klar, scheiße, klar! Du bist der Chef. Los geht's!«

David fiel etwas Wichtiges ein. Er stürzte nach draußen. Verdammt, Georg und seine Zusammenbrüche! Kein Wunder, dass er den Überblick verlor. Vorhin war er bereit gewesen, fünfzehn Jahre Arbeit dranzugeben, nun sah er keine Veranlassung mehr dazu.

Auf dem Sargdeckel wirkte der vergessene Aktenkoffer wie die Grabbeigabe für einen Börsenspekulanten. Hauptsache, er war noch da!

David dämmerte, dass es nur möglich war, wenn er beide Hände frei hatte, ganz frei. Bergab war es zwar leichter, gleichwohl traute er seinem Rücken nicht, und bei Georg wagte er keine Prognose, wie oft der im Treppenhaus das Handtuch warf.

Er sicherte den Aktenkoffer – ohne Brecheisen ein aussichtsloses Unterfangen, ihn des Inhalts zu berauben – und übergab ihn Angelina, die ihn fragte, ob er schon einmal zu jemandem Vertrauen gehabt hätte.

David und Georg schleppten die Kiste mit dem ungleichen Pärchen nach unten, ohne Rücksicht auf Putz und Geländer.

Der Wagen, eine Spezialanfertigung von Daimler Benz, empfahl sich mit einer butterweichen Servolenkung. Da Davids Arme von der Wuchterei zitterten, ließ er es gemächlich angehen.

»Liegt gut auf der Straße«, erkannte er wohlwollend an.

Georg war beträchtlich geschrumpft und mit den Gedanken woanders.

»Du fährst wohl alles?«

» … «

»Möbel, Menschen …«

Georg dirigierte ihn durch den Nebel zum Friedhof. Rechts rum, über die Brücke, gleich hinter der Ampel, scheiße, die war dunkelrot, links rum, nein, da hinten ist die Einfahrt.

Sie hielten vor einer Kapelle.

Georg bekreuzigte sich, drapierte die Blumen und den Kranz aufwendig um den Sarg herum. Scheiße, wenigstens das sei er ihm schuldig.

Andere bekämen Orden, wenn sie in selbstloser und heroischer Manier eiskalte Killer und Entführer ins Jenseits beförderten, er solle sich abregen. David wollte nach Hause.

Als David den Wagen vom Friedhof lenkte, setzte feiner Nieselregen ein. Ein junger Mann im grauen Anzug schritt ungelenk auf die Kapelle zu, um Abschied von seinem Großvater zu nehmen.

Georg musste David bei seinen Koteletten schwören, dass er vorsichtig fahren würde, direkt nach Hause.

»Bei niemandem klingeln oder anklopfen. Verschanz dich hinter deinem Sixpack!«

»Scheiße, ja, bloß kein Wort zu Dieter, Benno und Kalle, der geschwätzigen Saufnase, da kann ich mir gleich einen Anwalt besorgen.«

David zählte die Treppenstufen. Er erwartete nicht, als Triumphator empfangen zu werden, nach dieser wenig verdienstvollen und selten grotesken Schlacht, aber, dass ihm seine Tochter um den Hals fiel, war nicht zu viel verlangt. Und Angelina würde nicht um einen Kuss herumkommen.

Die Wohnung war nicht leer. Nicht, was die Möbel betraf. Der Kleiderschrank von Angelina war bis zum Bersten gefüllt, mit hauchdünnen Kleidern, wie viele mochten das sein? Ihre Zahnbürste krümmte sich vor dem Badezimmerspiegel. Trotzdem traf es ihn härter. Härter als damals. Die körperliche und geistige Erschöpfung als alleinigen Grund dafür anzuführen, wäre zu simpel gewesen. Verdient hatte er das nicht, so weit konnte er die Situation einschätzen. Nicoles Rucksack, der seinen Inhalt gern in der kompletten Wohnung verstreute, war definitiv nicht aufzufinden. Von Nicole praktisch keine Spur. Damit war immerhin der Beweis erbracht, dass sie Veronikas Erziehung genossen hatte.

Sie waren ein Herz und eine Seele geworden, Angelina und Nicole. So schnell, dass David nur staunen konnte. Den vermeintlichen Dieb und Geiselnehmer hatten er und Georg davongekarrt. Die Wahrscheinlichkeit und seine bisherigen Erfahrungen sprachen dagegen, dass in der Zwischenzeit ein zweiter Verrückter geklingelt hatte. David hatte sich dazu hinreißen lassen, ihnen zu vertrauen – wenn auch mit einer kleinen

Absicherung. Nur ein unbelehrbarer Idealist würde leugnen, dass Nicole und Angelina auf und davon waren. Und mit ihnen der Aktenkoffer und das Geld.

ERNST

Ein 5-Sterne-Restaurant wäre der angemessene Rahmen gewesen. Was soll's, befand Ernst, Schwamm drüber! Das Steak schmeckte saftig, und beim Bier konnte man nichts falsch machen. Was für eine Aufregung! Himmel, Arsch und Nähgarn. Die Bedienung sollte ruhig flitzen, was für ihr Trinkgeld tun. Der Eimer mit der roten Farbe war quasi unberührt. Einen kleinen Spaß hatte er sich allerdings gegönnt. Augen würden die machen. Wenn er das sehen könnte! Was für ein Chaos, was für eine Wendung! Er bestellte ein Pils, sein drittes oder viertes? Egal, heute wurde die Auferstehung gefeiert. Seine Auferstehung.

Er hatte ihnen richtig einheizen, einen ganzen Kübel Farbe vor die Tür kippen wollen. Er kam nicht dazu. War das ein Tohuwabohu! Da stieg keiner mehr durch. Außer ihm. Zum Schluss zumindest. Und dann hatte er gehandelt.

Mit dem selbstzufriedenen Grinsen des listigen Siegers streichelte Ernst den Rucksack, den er unter dem Tisch zwischen seine Füße geklemmt hatte.

Das musste er erst mal verdauen. Und ordnen. Er hatte sich wie immer angepirscht, den Eimer startklar gemacht, als der Einzelkämpfer mit der krummen Nase die Treppe hochgeschlichen kam, sich die Mütze überstülpte und die Wumme präparierte. Endlich einer, der die Faxen dicke hat, der sich nicht mit Farbpötten und Pinseln begnügt, hatte er gedacht und ihn von oben beobachtet, durch das Geländer. Sie ließen den Einzelkämpfer anstandslos rein. Er hatte tatsächlich überlegt, die

Bullen zu rufen. Das sah doch sehr nach Gewalt aus. Verdient hatten sie es, keine Frage. Dann kam die Frau mit ihren Tüten, diese arglose Nymphomanin mit dem Feuerkopf. Was für ein Geschoss! Er kannte die Sorte. Wie die Motten flatterten sie herbei, wenn sie Kohle bei einem Kerl vermuteten. Die im Kloster hatten *weder* Geld *noch* Frauen. Der Zusammenhang war noch keinem aufgefallen. Von wegen Zölibat.

Wenn eine Frau im Spiel ist, knallt es garantiert. Stattdessen hatten die drinnen ihre Schweigeminuten eingelegt. Eigentlich war er drauf und dran, den Abgang zu machen. Das nahm kein gutes Ende, so viel war abzusehen. Nachher hing er mit drin. Im Endeffekt würden sie einen Sündenbock suchen. Die Reichen kamen immer davon. Auf halber Treppe hatte er Schritte gehört und war wieder hochgehetzt. Altes Rübenschwein, was für Koteletten! Elvis war ein Chorknabe dagegen. Ein großer Schwerenöter im schwarzen Anzug, der Haare und Schuhe mit Spucke polierte. Georg hieß der. Er wusste das, weil sein Name ständig fiel, als sie das Treppenhaus demolierten. Georg, reiß dich zusammen. Georg, wenn du noch einmal *Scheiße* sagst. Georg konnten sie nicht abwimmeln. Das spitzte sich zu da drinnen. Ihm wurde jetzt noch ganz heiß. Noch ein Bier, logo.

Als der Schuss fiel, mit Schalldämpfer, ziemlich dumpf, dachte er: Das ist die Konsequenz! Er hatte es geahnt. Kohle, Korruption, Kriminalität – das eine kam ohne das andere nicht aus. Wer weiß, was da für dubiose Geschäfte gelaufen waren.

Georg war am heulen. Der Krösus mit dem Aktenkoffer, der sich einen Dreck darum scherte, wie es den anderen ging, kommandierte natürlich rum. Ihn hatte es nicht erwischt, wen wundert's. Der Sarg war schon bestellt. Sauber eingefädelt. Dann kam der entscheidende Fehler. Und Ernst war auf Zack gewesen. Er hatte auf die Frau getippt. Der Einzelkämpfer war ein bestellter Killer. Denkste. So was hatte er noch nicht erlebt: Ein Schuss – zwei Tote. Dass sie dem den Grauhaarigen untergejubelt hatten, war schon starker Tobak.

Jedenfalls steckte das Geld in seinem Rucksack, in den Hosentaschen, in den Jackentaschen. Auf die Scheinchen, die ihm vor Schreck in den Sarg gefallen waren, konnte er leicht verzichten. Da reinfassen, nein, er hatte einiges erlebt, aber das war zu viel. Wenn er nicht reingeguckt hätte ... Ewig hätte er sich den Kopf zerbrochen. Die Braut war davongekommen. Ihren Heini würde sie in den Wind schießen, wenn sie mitbekam, dass er ein armes Würstchen war.

Ernst trank zwei weitere Bierchen, um sich zu beruhigen. Nachdem er sie hinuntergekippt hatte, bestellte er ein Taxi. An Laufen war nicht mehr zu denken. Er setzte sich nach hinten, er brauchte Platz. Es wurde schummerig.

Unterwegs änderte sich abrupt die Fahrtrichtung. Auf freier Strecke aussteigen kam für Ernst nicht in Frage. Der Taxifahrer meckerte: »Dann eben nicht«. Und raste los. Irgendein Notfall. Über Funk erhielt er Anweisungen. Ernst konnte eigentlich was ab, aber heute war alles anders. Es ging um einen Unfall, eine geklaute Brieftasche, einen Bus und eine Frau. Eine Frau war immer in der Nähe.

Ernst hielt sich fest – und den Rucksack.

QUERVERKEHR

Wo ein Wille ist, ist auch ein Weg! Eine populäre Durchhalteparole, die nicht unbedingt den Umkehrschluss zulässt.

Was aber tun, wenn es an Willen mangelt, der Weg kein Ende nimmt, sich verzweigt oder im (mentalen) Nebel verliert, und Sprichwörter nur so lange den Gesetzen der Wahrscheinlichkeit gehorchen, bis Unvorhergesehenes dazwischenkommt? Und das die Regel ist, nicht die Ausnahme?

Wie oft sagen wir: Eigentlich wollte ich ... und haben es eigentlich nicht getan. Stattdessen verlaufen, verirren, verspäten wir uns, stellen uns Fragen, auf die es keine verlässlichen Antworten gibt, verschieben wegweisende Entscheidungen auf ein andermal, bedienen uns mit Vorliebe des Wörtchens ‚wenn' und bereiten so den Boden für unsere Sehnsüchte.

Die meisten treten kürzer, um dereinst die Zinsen ihrer Entbehrungen einzufordern. Beißen sich durch, bis sich ihre Hoffnungen in Luft auflösen, weil sie vor der verdienten Weltreise von einem Schlaganfall in die Knie gezwungen werden, die Aktien dramatisch an Wert verlieren oder die Erkenntnis reift, dass es schöner ist zu träumen als Träume zu verwirklichen. Etliche Südseeabenteuer wurden mit dem Kompost in der Kleingartenkolonie begraben. So manche Jungfrau ist bekanntlich ergraut, beim Warten auf ihren Mr. Perfect.

Dennoch soll es vorkommen, dass jemand die Eigentumswohnung verkauft, sich aufmacht, ins Gewisse, ohne besondere Vorkommnisse und mit gelungenem Abschluss.

Weitaus interessanter (und wesentlich häufiger bekundet) sind Fälle, in denen es zu Komplikationen kommt, die, abgesehen von den üblichen Apokalypsen, wie Erdbeben, Vulkanausbrüchen und eingeklemmten Fahrstühlen, zuweilen durch das Aufeinanderprallen eigenwilliger Individuen verursacht werden und nicht selten in ausweglose Dramen münden. Die Film- und Buchindustrie bedient sich so klischeehaft wie umsatzsteigernd dieser Thematik. Ein unbescholtener Bürger will nur eben mal Brötchen holen und gerät durch eine Verwechslung ins Kreuzfeuer von Geheimbünden, CIA und Vatikan. Eine angehende Ordensschwester gönnt sich ein Schäferstündchen mit einem arbeitslosen Rockmusiker und versinkt – anstatt sich zu versenken – in einem ekstatischen Strudel aus Sex, Drogen und verstimmten Gitarren.

Noch größeren Zuspruchs erfreuen sich Geschichten, in denen skrupellose Gauner und unheilbare Verlierer durch einschneidende Erlebnisse auf den rechten Pfad der Tugend zurückfinden. Wie der Heiratsschwindler, der in der Bäckerei einen Herzinfarkt erleidet und von einer Nonne (die gerade die bestellten Hostien abholt, oder die Brote für das Klosterfest?) reanimiert wird. Oder der heruntergekommene Gittarero, der von einem weiblichen Fan (sein Starschnitt hängt seit der Einschulung über ihrem Bett!) zu einer Revivaltour ermuntert wird und von Null auf Eins in die Charts stürmt.

Aber auch im Alltag sind menschliche Kollisionen und Desaster vorgezeichnet. Wobei das Drehbuch der Existenz seltener ein Happy End vorsieht. Denn der Film geht weiter, wenn auch nicht endlos. Wie viel Ehen sind durch wahllose Begegnungen auf kuriosen Umwegen zustande gekommen? Wieviele Scheidungen stehen dem entgegen?

Die wichtigen Lebensthemen Liebe, Sex, Geld und Karriere – beste Gesundheit vorausgesetzt – werden gern ins (beschränkte) Raster der eigenen Vorstellungen gezwängt. Ein schmaler

Grat, der trotz akribischer Vorbereitungen und äußerster Bemühungen nur ins Dilemma führen kann.

Wer esoterisch angehaucht ist, vermutet hinter jedweder Irrleitung eine Feuerprobe des Daseins mit Lerneffekt, wenn auch erst im Nachhinein. Es ist alles vorbestimmt, der Weg ist schon unter unseren Füßen – man hat es trotzdem mal auf eigene Faust versucht. Der Normalbürger pendelt nach einem freien Fall emotional irgendwo zwischen Verärgerung, Verzweiflung und Hass auf Gott und die Welt: Es war doch alles perfekt geplant!

Stellt sich die Frage nach der Motivation. Welche Triebfeder steht fortwährend unter Spannung, wartet auf den entscheidenden Impuls, ihre katapultartigen Kräfte zu entfachen, und ist Ursache für den nagenden Wunsch, sich trotz aller Unabwägbarkeiten auf den Weg zu machen?

Die Antwort ist simpel: Ohne Ziel erscheint das Leben sinnlos. Und da es in weiter Ferne liegt (das Ziel), und Homo Sapiens ein Wesen mit ausgeprägtem Sicherheitsbedürfnis ist, legt Mensch was beiseite, bereitet sich vor, hadert und rührt sich nicht von der Stelle. Und hat sich damit bestens positioniert! Ohne es zu wissen. Die Änhänger alter Weisheitstraditionen sind sich nämlich einig, dass es keinen Weg gibt, dass bereits alles da ist. Frieden, Liebe, Klarheit, Reichtum, Glück und letztendlich Sinn – falls es einen gibt – finden wir in uns selbst. Und nur dort. Fortschritt adé. Es lebe das Innehalten!

Wozu also noch aufbrechen? Sagt man nicht auch, der Weg sei das Ziel? Müssen wir ihn nicht erst beschreiten, um zu kapieren, dass wir uns die Mühe hätten sparen können? Sind wir dazu gezwungen, unterwegs aus Fehlern zu lernen, die wir krampfhaft zu vermeiden versuchten? Märchendeuter verweisen auf den Initiationscharakter, wenn sich Hänsel und Gretel im Wald verlaufen oder einer auszieht, um das Fürchten zu lernen. Warum schmücken sich Straßenschilder mit größenwahnsinnigen Eroberern und verschollenen Entdeckungsreisenden, anstatt mit den Namen derer, die zu Hause blieben? Sogar Buddha verließ Frau und Kind und irrte umher, bis er entnervt unter dem Bodhibaum sitzen blieb und zu guter Letzt im Nirvana landete.

Ist es verwunderlich, dass sich etliche in die Verdrängung flüchten? Im Exzess arbeiten, saufen, rauchen, kaufen und Partner wie die Staubsaugerbeutel wechseln, um zu vergessen, dass sie ihr Ziel aus den Augen verloren haben. Und somit den Sinn des Lebens, da sie eins mit dem anderen verknüpft haben?

Zurück zu denen, die bereits unterwegs sind. Ob bewusst oder unbewusst, freiwillig oder gezwungenermaßen, den eigenen Idealen, dem Vaterland oder jemand anderem zuliebe – der Zusammenhang ist klar: Beweggrund ist die Suche nach Sinn, schließlich und endlich nach sich selbst. Genau genommen wird eine innere Reise projiziert, wird zum Ausdruck der Unzufriedenheit mit den derzeitigen Umständen und der Entschlossenheit, dorthin zu gelangen, wo das Paradies auf Erden vermutet wird. Also nicht hier, sondern dort. Nicht jetzt, sondern demnächst.

Im Kreise laufen und *auf der Stelle treten* sind Synonyme für frustrierendes, sinnloses Unterfangen. Einen *Standpunkt* zu vertreten erzeugt jede Menge Widerstände. Wer es zu etwas bringen will, etwas erreichen will, sollte nicht mit leeren Händen dastehen. Der Lohn sind allenfalls Spott, Mitleid, Unverständnis und Ausgrenzung.

Im direkten Weg vermuten viele den besten. Den kürzesten zumindest. Scheuklappen werden mit selbstgefälligen Bekenntnissen (*Ich kann halt nicht anders!*) gerechtfertigt, Weggabelungen auf eine Richtung minimiert: geradeaus. Individualität heißt das Motto. Wenn ich mich schon verrenne, dann wenigstens einzigartig.

Für zartbesaitete Naturen, bei denen die Formel *Ich bereue nichts!* nichts als Beklemmung und Angstschweiß hervorruft, sind Scheidewege Prüfungen erster Klasse, die allerbeste Gelegenheit, um sich – nach schier endlosem Verharren und Grübeln, Abwägen – einen Ruck zu geben, und die unter psychischen Qualen getroffene Wahl als kapitalen Fehler einzustufen.

Manche steigen gar in die Finsternis hinab, andere fahren in den Himmel auf: dreidimensional vervielfachen sich die Möglichkeiten zu scheitern immens. Für den, der den inneren Weg dazunimmt und Zeit und Raum sprengt, ist das Wirrwarr perfekt. Oder das Tor weit offen ...

Die (greifbare) Welt ist voll von Geboten, Gesetzen, Hinweisen und Hilfsmitteln, die vor einer Odyssee bewahren sollen. Statistiken sind ein beliebtes Mittel der Neuzeit, um Risiken einzugrenzen, die es früher noch nicht gab. Beispielsweise Autounfälle, Zugentgleisungen und Flugzeugkatastrophen. Während Bahn und Düsenjet den geraden Weg bevorzugen, werden die Nerven von Autofahrern an Kreuzungen strapaziert. Dank Schildern und Ampeln ist die Vorfahrt geregelt. Da jedoch jeder der erste sein will, wird die Farbe Rot gern als Grün oder Orange ausgelegt, links und rechts verwechselt oder auf das Blinken verzichtet. Da hilft auch kein Navigationsgerät – es kracht!

Was beweist, dass Kreuzungen seit jeher die wohl heikelsten Punkte des Weges sind. Wer hier rastet, der rostet nicht nur, sondern zieht sich vor allem die Missfallenskundgebungen derer zu, die hinter ihm warten und ausgebremst werden. Wer seinen Entschluss überhastet fasst, nimmt anderen womöglich die Vorfahrt und sorgt für eine gewaltsame Richtungsänderung. Es kreuzt also nicht nur Weg, sondern auch Menschen kommen in die Quere! Heiratsschwindler, Nonnen, Rockmusiker, Fans von Rockmusikern ... Doch dazu später mehr.

In den Zeiten, als wasserdichte Schuhe das häufigste Fortbewegungsmittel waren, bedeutete das Verlassen der Höhle, der Hütte oder des Zeltes den Schritt ins Unbekannte schlechthin. Die Welt hatte die Form einer Scheibe und zu allen Seiten Abgründe! Landkarten waren Mangelware oder schlichtweg falsch, Wettervorhersage und Lebensversicherung noch nicht erfunden. Skrupellose Wegelagerer, hungrige Tiere, schlitzohrige Kobolde, zürnende Geister, Pest und Cholera – was konnte einem nicht alles begegnen. Über eine Zugverspätung, den platten Reifen oder die rote Welle hätten unsere Vorfahren nur geschmunzelt. Wahrsager, Hexen, Kartenleger, Glücksfeen, Schamanen und Magiere hatten Hochkonjunktur. An den neuralgischen Punkten, den bereits erwähnten gefährlichen Kreuzungen, wurden Orakel befragt, Tänze vollführt, Opfer und Geschenke dargebracht. Drei von vier Vorgehensweisen, bezog man eine Umkehr in die Überlegungen mit ein, führten mit Sicherheit direkt in die Hölle!

In der Symbolik afrikanischer Völker sind sich überschneidende Linien Berührungspunkte von Lebenden und Toten. Die alten Griechen stellten Schutzgötter aus Stein an die energetisch problematischen Schnittstellen. Es war dringend angeraten, sich mit Hekate, der Göttin mit der Fackel, gutzustellen. Sie brachte Licht ins Dunkel und leuchtete, im Gegensatz zu modernen Straßenlaternen, auch in seelische Grenzbereiche hinein, die Freud erst noch ergründen sollte. Wer nicht panikartig Reißaus nahm und sich hingegen mit Hekate verbündete, stellte sich mutig den Gefahren. Marienbilder, Heiligenikonen und Kreuze zeugen auch heutzutage vom erhofften Beistand bei der Wahl der richtigen Abzweigung.

Einige Randgruppen, die sich der Macht von Kreuzungen geschickt entzogen und noch entziehen, sollen nicht unerwähnt bleiben. Seefahrer zum Beispiel schwören augenzwinkernd beim Klabautermann und richten sich trotz moderner Gerätschaften gern nach den Sternen. Gläubige halten sich an zehn Gebote, wenn es gerade passt, und wandeln auf den Wegen des Herrn, sind diese auch unergründlich. Nomaden ziehen durch die Wüste, folgen Wild, Wind und Instinkt und nehmen ihre Behausung mit – eine geschickte Verquickung von Aufbruch und daheimbleiben. Die Aborigines visualisieren ihr Ziel und kommen dort an. Behaupten es jedenfalls.

Mit nachlassendem Aberglauben, dem Verlust des Kontaktes zu Umwelt und Naturgeistern und mit der fortschreitenden Einsparung von Kirchensteuern verblassten auch die richtungsweisenden Rituale und wichen vorgegebenen Lösungen. Waren ‚Eiserne Hände', deren Finger Verzweigungen anzeigten, noch einigermaßen originell, so gaben bald stereotype, schriftliche Hinweise auf lackiertem Holz oder Metall einen klaren Kurs ohne Interpretationsspielraum vor, sodass sich selbst der größte Depp nicht verfranzen konnte, es sei denn, ein Scherzbold hatte die Schilder verdreht.

Irrungen im satellitenüberwachten Lebensraum des 21. Jahrhunderts beruhen fast ausnahmslos auf emotionalen und geistigen Blackouts. Denn im Innern herrscht finstere Steinzeit. Fünfundneunzigprozentiges Unterbewusstsein. Wonach soll Mensch sich richten, im Wust von (unterdrückten) Gefühlen, (unklaren) Gedanken, (unvernünftigen) Hormonen und (urzeitlichen) Botenstoffen? Angst, Gier, Freude, Lust, Depression, Aggression, Sexualtrieb, Todestrieb, Penisneid, Pubertät, Midlife-Crisis, Wechseljahre – ein höchstsensibler Zickzackkurs des labilen Gemüts, angeheizt von Testosteron, Östrogen, Cortisol, Dopamin, Serotonin und Endorphinen. Als Zugabe kreisen im Kopf die Wächterstimmen: »Tu dies nicht, tu das nicht!«, »Pass auf!«, »Greif zu!«, »Mach keinen Mist!«, »Du bist schuld!«, »Mal wieder daneben!«, »Gut gemacht!«, »Schlecht gemacht!« usw. usw. … Muster und Strukturen formen mit Vorliebe Schablonen, die nicht passen, sind so hilfreich wie der Kompass im E-Werk. Und linke und rechte Gehirnhälfte können sich obendrein wie ein verkalktes, zickiges Ehepaar aufführen und jeglichen Anflug von Teamwork bereits im Keim sabotieren.

Wer oder was hilft dem urbanen Weltbürger weiter? Die Horoskope in Lifestyle-Magazinen? Das Tarot, der Therapeut? Die beste Freundin, die sich selbst in einem Parkhaus verfährt? Der Trainingspartner aus dem Fitness-Studio, der immer weiß, wo es langgeht?

Frauen verlassen sich gern auf ihre Intuition und befinden sich damit, fern jeder Logik, häufig auf der Überholspur. Männer sind auf den Verstand angewiesen, gelingt es ihnen nicht, ihre weiblichen Anteile in Selbstfindungsgruppen zu befreien, und manövrieren sich nachvollziehbar in existenzielle Einbahnstraßen und Sackgassen.

Spirituelle Meister schwören auf Gewahrsein, das von beiderlei Geschlecht praktiziert werden kann. Da das Ego eine Illusion ist und wir demzufolge keine persönliche Entscheidungsfreiheit haben, können wir uns nur ergeben, dann wird es sich schon ergeben. Mit Gleichmut treiben wir aufmerksam in vorbestimmten Bahnen und überlassen das Hadern höheren Mächten. Die sowieso keinen Sinn im Sinn haben und die materielle Welt als zweckfreies Spiel betrachten. Wir mittendrin und mit allem verbunden, der Tropfen im Ozean, Schöpfer und Akteur zugleich. Spielverderber schwimmen zwar mit, doch am liebsten gegen die eigene Strömung und beschweren sich beim Allmächtigen, dass sie Wasser schlucken.

Bleibt die Frage nach der Verantwortung. Die Sache mit dem Flügelschlag des Schmetterlings und den Folgen. Kein Wunder, dass es bei all den Falschspielern kunterbunt durcheinander geht. Wann gilt es nun, autorisiert zuzupacken, wann ist es besser, einfach nur aufzupassen?

Was auch immer wir tun, nicht tun oder tun lassen: Andere Menschen pfeifen auf das sensible Gewebe der Verbundenheit, durchkreuzen unsere Fortbewegungsbemühungen im rechten Winkel, stellen sich direkt vor uns, halten uns auf, drängeln uns zur Seite, lenken uns ab, locken, drohen, reizen, verwickeln und verstören uns. Manchmal alles auf einmal und mehrere Personen gleichzeitig! Plötzlich spielen die inneren Messinstrumente verrückt, wird Adrenalin in unvernünftiger Dosis ausgeschüttet, fallen minutiös durchdachte Zukunftspläne in ein Zeitloch, verlieren Ziele an Bedeutung – und neue Abwägungen erscheinen so ratsam wie kompliziert.

Da sich gegenseitige Pole anziehen, geraten Mann und Frau so sicher aneinander wie das Glockengeläut in der Kirche und die Kollekte beim Abschied. Der Drang nach Liebesvollzug in körperlicher, seelischer oder beiderlei Hinsicht, verbunden mit den Schwierigkeiten divergierender Kommunikationstechniken, führt zu unüberschaubaren Verstrickungen.

David bekommt es gleich mit zwei Frauen zu tun, die so beiläufig wie hartnäckig in wenigen Tagen fünfzehn Jahre Vorbereitung in Gefahr bringen. Ein Vermummter und ein Unsichtbarer mischen munter mit.

Angelina telefoniert wegen einer Kleinigkeit mit ihrem neuen Vermieter und erfährt, dass sie früher als gedacht die Wohnung beziehen kann. An und für sich möchte sie allein sein, nachdenken, ordnen und neu anfangen.

Alessandro fährt anstelle der Eltern (seine Mutter hatte sich auf ihrem fünzigsten Geburtstag mit ihrem Vater überworfen) zum Begräbnis des Großvaters und begegnet seiner Traumfrau, die nur auf Drängen eines Rechtsanwalts den Neffen ihres ehemaligen Arbeitgebers willkommen heißt.

Maria hat sich in sich zurückgezogen, muss sich überwinden aus dem Haus zu gehen und wird von einem passionierten Romantiker aus der Lethargie gerissen.

Nicole nimmt keine Rücksicht mehr auf die Zukunftspläne anderer, weil ein dunkler Schatten in ihrer Biographie die eigene Zukunft mit Treibsand unterspült.

Einer, der sich auf die Schnelle seinen Herzenswunsch erfüllen will, schneidet Löcher in seine Kopfbedeckung, verletzt gewaltsam die Intimsphäre einer aus der Not geborenen Wohngemeinschaft und erreicht rasanter als gewünscht das Ende seines Weges, von dem es kein Zurück gibt, es sei denn in der nächsten Inkarnation.

Die misslungene Kontaktaufnahme zum anderen Geschlecht, das Verpassen, Aneinandervorbeilaufen, das Ignoriert- und Verlassenwerden ist eine Zeitbombe im menschlichen Getriebe.

So lässt sich Georg von der Anbetung zu seiner Auserwählten lenken. Und von seiner Eifersucht, die ihn zu einem spontanen Kontrollbesuch veranlasst (ein potentieller Konkurrent ist aufgetaucht) und den Tod eines Maskierten nach sich zieht.

Ernst ist auf die schiefe Bahn geraten. Seiner Meinung nach ausnahmslos durch die Schuld anderer. Außerdem war irgendwann mal was mit einer Braut, die ihn nur verarscht hat. Jetzt ist er an der Reihe, anderen dazwischenzufunken.

Vermeintliche Zufälle verursachen eine Kettenreaktion, führen dazu, dass sich ein alter Weg verschließt und zahllose neue auftun. Wäre David egoistischer gewesen, hätte er die Stimme auf dem Anrufbeantworter ignoriert. Angelinas Umzug war für den 30. geplant, bis sie den Vermieter anrief, um etwas wegen des Waschmaschinenanschlusses zu fragen. Nicole ist einfach losgefahren. Der maskierte Eindringling hatte tagelang mit sich gerungen, bevor er zur Tat schritt. Georg schaffte es nicht, sich seine Eifersucht zu verkneifen, und Ernst nicht, die verdammte Zeitung aus der Hand zu legen. Alessandro musste die Verabredung mit einer Dorfschönen verschieben, als ihn die Nachricht vom Tod seines Großvaters erreichte. Maria wollte nicht wieder zu Alessandro ins Hotel fahren, wollte, nachdem sie sich umentschieden hatte, einen Bus früher nehmen.

Versinkt unser Lebensweg durch Aneinanderkettung zufälliger Begegnungen im Chaos? Ein Glücksspiel als Ausdruck schöpferischer Navigationsfehler im Meer des All-Eins-Seins? Oder sollten wir lieber von Fügung, Bestimmung sprechen?

Haben wir eine Wahl? Wie können wir erkennen, wann uns das Schicksal die Hand reicht – und diese mutig ergreifen?

ALESSANDRO

Der Leichenwagen bog um die Ecke. Alessandro stelzte auf die Kapelle zu. Regentropfen verzierten seinen Anzug mit einem Pünktchenmuster.

Alessandro hatte sich unnötig beeilt. Der Pfarrer hatte seinen Dienst noch nicht angetreten. Die Kapelle war um eine kühle, düstere und muffige Atmosphäre bemüht. Pietätlose Heiterkeit sollte erst gar nicht aufkommen. Die Blumen waren indes mit Sinn für Harmonie und Komposition angeordnet. Hier hatte ein feinfühliger Mensch gewirkt. Am Kranz hing eine Schleife mit ernstem Spruch, der ihm missfiel, von Großvater stammte der nicht. Die Bank hatte ihren Namen daruntergesetzt, und Alessandros auch. Er konnte das zwar nicht so unterschreiben, aber wäre ihm etwas eingefallen, das gepasst hätte? Ein Motto für neunzig Jahre Großvater? *Das Leben ist wie ein Hotel. Der Abschied kommt meist viel zu schnell.* Oder: *An der Himmels-Rezeption erwarten sie ihn schon.* Vielleicht: *Ein letzter Wunsch. Das wäre nett: die Jenseits-Suite mit Himmelbett!*

Alessandro war schon wieder albern. Wenn er aufgeregt war, ging es mit ihm durch. Großvater hatte Humor, er würde schmunzeln, könnte er Alessandros Gedanken erraten. Vielleicht schwebte Großvaters Seele über dem Sarg ... Viele glauben an ein Leben nach dem Tod. Nicht auszuschließen, dass er neben Alessandro schwebte, möglich war das, und Gedanken lesen konnte. Alessandro, würde er sagen, ich verrate dir, was auf deinem Kranz stehen wird – im Jenseits zählten Zeit und Raum nicht, da war jeder ein Hellseher –, und er würde schmunzeln, wie er das immer tat, getan hatte. Also, spitz die Ohren, mein kleiner Alessandro. Folgender Satz wird in goldenen Buchstaben auf einer weißen Schleife stehen, hör genau zu (Großvater machte es gern spannend): *Er war ein untalentierter Marathonläufer, aber ein erfolgreicher Perlenfischer.*

Alessandro fand, das sei ein geeigneter Augenblick, um die Kerzen anzuzünden. Der todernste Pfarrer würde ihn begnadigen. Außerdem waren sie lang genug, um drei Tage zu brennen.

Feierlich war ihm zumute. Richtig feierlich. Er hatte noch nie einen Toten gesehen, einen echten, außer im Fernsehen oder in der Zeitung.

Es donnerte. Hagelkörner klopften gegen die Mosaikfenster. Alessandro schwand der Mut, und seine Gedanken schweiften ab, hin zu Maria. Ob sie schon das Essen zubereitete? Hatte sie Wein mitgebracht? Oder war sie von ihrem Mann, dem Fernfahrer, zurückgehalten worden? Was täte er dann? Er verfügte nicht mal über genug Geld, um sich selbst zu versorgen. Sollte er per Anhalter nach Italien? Es fuhren doch keine Autos, hier nicht, nur mit Sondergenehmigung, Krankenwagen, Anwälte, Taxis ... und Lastwagen?

Alessandro sah sich an der Autobahn stehen, in seinem grauen Anzug – mit schwarzem Tuch –, den Daumen nach oben. Ein Lastwagen stoppte. Sie kamen ins Gespräch. Wohin geht's? Nach Italien. Genau meine Richtung. Ein bulliger Fernfahrer, mindestens vierzig, mit kantigen Wangenknochen, kräftigen Oberarmen und Oberschenkeln so dick wie Kanalrohre, im Fahrerhaus überall nackte Frauen aufgeklebt, und hinter dem Lenkrad klemmte ein Foto mit einer wunderschönen Frau, die was anhatte: Maria, die Perle.

Geht's zurück zur kleinen Lolita? Die Italienerinnen sind scharf wie Chilischoten, er konnte ein Lied davon singen. Nein, zu Mama und Papa. Er lachte sich schief, der Fernfahrer. Ich gebe dir einen Rat, Kleiner, pass gut auf die Weibsbilder auf. Gib ihnen Leine, aber nicht zuviel. Du musst die Zügel in der Hand behalten, sonst brennen sie dir mit dem Erstbesten durch, der ihnen schöne Augen macht. Hier, auf dem Foto, das ist meine Maria. Ich merke sofort, wenn was nicht stimmt, wenn sie sich in einen anderen verknallt. Hat sich schöne Augen machen lassen, von einem Italiener mit Milchbart, nimm's nicht persönlich, ihr seid ja nicht alle so. Hat sich betrunken machen lassen und ist mit dem nachts durch den Wald spaziert. Ich habe es ihr gleich an der Nasenspitze angesehen. Und daran, dass ihre Sachen schmutzig waren. Es ist nichts, er ist ein großer Junge, er fährt bald wieder, diese ganzen Ausreden. Ich lass mich doch nicht für dumm verkaufen! Und dabei spuckte er und fluchte und ballte die Fäuste.

Das Gewitter tobte. Die Kerzen improvisierten einen aufgeregten Tanz. Alessandro war aus dem Lastwagen ausgestiegen, nachdem er den Fernfahrer erwürgt hatte, in Gedanken natürlich, und trat mutig an den Sarg.

Der Deckel ließ sich leicht herunternehmen. Als Alessandro hineinsah, erhellte ein Blitz die Kapelle – und der Donner folgte wie ein Paukenschlag.

Alessandro stieß einen Schrei aus, der einem Stummfilm entliehen war, und erstarrte zum schiefen Turm von Pisa.

Nachdem er sich sich vergewissert hatte, dass sein Herz noch schlug, ergriff er kühn einen der Kerzenständer, um mehr Licht in das unglaubliche Dunkel zu bringen. Da Wachs in den Sarg tropfte, stellte er ihn beiseite, den Kerzenständer. Großvater hatte nichts abbekommen. Der andere schon. Der, der auf Großvaters Bauch lag, so wie er als kleiner Junge, als er sich die Münze aus der Westentasche stibitzte.

Alessandro fragte sich, wo der Pfarrer blieb? Der war ihm eine Erklärung schuldig. Wollte die Bank Kosten sparen? Sie war auffallend großzügig gewesen, mit dem Angebot für das

Hotel, Begräbnis inbegriffen. Er hatte sich schon gewundert. War einer der Mitarbeiter zeitgleich gestorben? Da drängte sich ein Doppelbegräbnis förmlich auf. Diese Geldschneider. In Italien gab es sowas nicht. Jedenfalls nicht offiziell. Naja, er hatte von derartigen Sitten bislang nichts vernommen. Außerdem trugen Bankangestellte keine Mützen über dem Kopf.

Alessandro wagte erneut einen Blick. Großvater sah zufrieden aus, kaum verändert, in den fünfzehn Jahren schien die Zeit stehen geblieben zu sein. Er war bestimmt nicht darüber informiert worden, dass sie ihm einen auf den Bauch legen würden. Gutgeheißen hätte er das nicht, bei allem Humor.

Wenn man einen Pfarrer brauchte, kam er nicht! Alessandro rang sich dazu durch, die Aufklärung dieser Doppelbelegung selbst in die Hand zu nehmen. Mit den Fingerspitzen entfernte er die eingerissene Mütze, bis er das Gesicht des Mannes freibekam, der an Großvaters Schulter ruhte. Es schauderte ihn, denn er war etwa in seinem Alter, Alessandros Alter, und hatte seine Nase, die mit einer unansehnlichen Warze geschmückt war, krumm gelegen.

Eine Hand des Krummnasigen lag auf Großvaters Brust. Der trug immer noch die Weste von damals, und als Alessandro die Weste wiedererkannte, erblickte er auch die beiden Geldbündel.

Er hielt sich am Sarg fest. Wenn das kein Zeichen von Großvater war, jeder Gläubige würde auf die Knie fallen – das, was ihn betraf, nicht ging, mit den steifen Beinen, er war auch nicht religiös veranlagt –, sich bekreuzigen und die Kapelle zum Wallfahrtsort erklären. Das Geld war definitiv für ihn bestimmt, auf keinen Fall für den Krummnasigen, der sowieso nichts mehr damit anfangen konnte.

So große Scheine kannte er nur vom Hörensagen. Damit ließe sich eine Perlenkette mit echten Perlen für Maria anfertigen, die so schwer war, dass er sie stützen musste. Zugegeben, er übertrieb, aber ein kleines Vermögen war das schon!

Was, wenn der Pfarrer auftauchte – wie spät war es eigentlich? – mit seiner Leichenbittermiene? Die Bank würde behaupten, es sei ihr Geld, ein Kleinkredit fürs Himmelreich, ein Versehen, irgendetwas in der Art.

Vielleicht war in der Westentasche noch mehr? Um das festzustellen, war es nötig, dem Krummnasigen unter den Brustkorb zu fassen.

Kein einziger Schein mehr in der Westentasche, nicht mal eine Münze. Dafür klebte Blut an Alessandros Hand, als er sie hervorzog. Das als ein weiteres Wunder zu deuten, verbat ihm der Umstand, dass er gleichzeitig den Revolver entdeckte.

Alessandros Verklärung löste sich angesichts der schnörkellosen, grausamen Realität auf und verwandelte sich in Panik. Die Hände falteten sich instinktiv zum Gebet. Eine Waffe, gebündelte Banknoten und seine blutigen Fingerabdrücke auf zwei Toten. Viel Kombinationsgabe war nicht vonnöten, um Alessandro einen maßgeschneiderten Strick daraus zu drehen und ihm bis an sein Lebensende freie Kost und Logis auf Staatskosten zu verordnen.

Er verschloss den Sarg mit den Ellenbogen, dem Kinn, den Zähnen – bloß keine Blutspuren am Deckel hinterlassen! Er sprintete aus der Kapelle – der Muskelkater war wie weggeblasen –, durch die Pfützen, dass es nur so spritzte. Das schwarze Tuch löste sich aus der Brusttasche des Jacketts und flatterte davon wie eine aufgeschreckte Fledermaus.

Mit den nassen Blättern einer alten Hainbuchenhecke wusch sich Alessandro rein.

Die Beerdigung würde ohne ihn stattfinden müssen.

MARIA

Als sie das durchdringende Geräusch vernahm, das Quietschen, Krachen, Klirren, wusste sie sofort, was passiert war.

Zuerst war das Taxi ungewöhnlich langsam an ihr vorbeigefahren. Nach fünf Minuten kehrte es zurück, sehr schnell, und wenige Sekunden, nachdem es in die Kurve gerast war, hörte sie den Knall.

Nicht schon wieder, dachte sie, nicht schon wieder!

Außer ihr hatte sich niemand in dem Häuschen an der Bushaltestelle untergestellt. Sie wohnte etwas außerhalb der Stadt, nur drei Haltestellen entfernt vom Hotel, und es war keine Seltenheit, dass sie der einzige Fahrgast war, der hier wartete. Das Gewitter hatte sich bereits angekündigt, sonst wäre sie zu Fuß gegangen. In einem Bus zu fahren war mittlerweile kein Problem mehr, aber wenn sie es vermeiden konnte ...

Es schüttete, blitzte und donnerte, und sie sorgte sich um ihr Kleid. Nach langem Überlegen hatte sie sich für ihr weißes Hochzeitskleid entschieden, das sehr einfach geschnitten war. Keine Rüschen, keine Schleppe, nur ein wenig Spitze. Es sah aus wie ein Sommerkleid. Sie wirkte jünger darin – hoffentlich stand es ihr noch. Mit neununddreißig sollte sie sich eigentlich nicht so kleiden.

Alessandro interessierte sich für sie, was ihr schmeichelte. Aber hatte er ihre Falten gesehen? Hatte er wahrgenommen, dass ihre Augen nicht mehr so strahlten wie seine? Er war jung und verträumt, mit einer Mischung aus Schüchternheit und Übermut, die ihr gefiel. Sie würde sich auf nichts einlassen, würde nicht die Nacht mit ihm verbringen. Morgen wird er unterwegs sein nach Italien, auf der Suche nach einer Frau in seinem Alter.

Wie konnte sie sich in einem Moment wie diesem um ihr Kleid sorgen! Sie hastete durch den Regen. Der Knöchel war in Ordnung. Sie hatte nur Zeit haben wollen. Alessandro war so ungestüm. Was wusste sie schon von ihm?

Hinter der Kurve kletterte sie die Böschung hinunter und stieß die vordere Seitentür des Taxis auf, das schräg auf die Seite gekippt war. Der Fahrer war auf den Beifahrersitz gerutscht und bewusstlos. Hinten lagen zwei Frauen, eine mit auffälligen, rotbraunen Locken, die andere ein Teenager, so weit sie erkennen konnte, mit langen, strähnigen Haaren, die das Gesicht fast vollständig verdeckten. Beide hatten die Augen geschlossen und stöhnten.

Maria drückte auf den Knöpfen des Funksprechgeräts herum, bis sich eine Stimme meldete. Sie gab die Position der Unfallstelle durch, aber da sie sich nicht mit Funksprechgeräten auskannte, bemerkte sie nicht, dass ihr Hilferuf ungehört blieb. Und nachdem sie die Brieftasche aus dem Fach vor dem Steuerknüppel und den Aktenkoffer vom Rücksitz an sich genommen hatte, bemerkte sie ebenfalls nicht, dass der Taxifahrer aus seiner Ohnmacht erwacht war.

Sie krabbelte die Böschung hinauf, durch den Matsch, rannte zur Bushaltestelle und erwischte gerade noch den Bus.

Nachdem sie durch den Wald geeilt war und das Hotel betreten hatte, verriegelte sie die Tür hinter sich.

Was war nur in sie gefahren? Warum beging sie eine derartige Dummheit? Sie hatte wie unter Zwang gehandelt. Aber war das denn verwunderlich? Hundert Bewerbungen und hundert Absagen, hundert Mal die gleiche Begründung, schwarz auf weiß oder zwischen den Zeilen, unverblümt oder in verständnisvolle

Worte verpackt: Sie haben keine Ausbildung. Sie sind zu alt.

Pietro hatte ihr schon lange nichts mehr zahlen können, verschuldet wie er war.

Dennoch gab es keine Entschuldigung, keine Rechtfertigung. Sie hatte einen Notfall kaltblütig ausgenutzt.

In der Brieftasche befand sich nur wenig Geld, und der Koffer war verschlossen. Trotzdem bleibt ein Diebstahl ein Diebstahl, bleibt eine Diebin eine Diebin.

Ob Alessandro auf seinem Zimmer war? Sie war völlig durcheinander. Er wüsste vielleicht eine Lösung?

Maria betrachtete sich im großen Spiegel beim Empfang. Das durchnässte Kleid klebte durchsichtig wie eine faltige, zweite Haut auf ihrem Körper, der wie ihr Gesicht vor Schreck gealtert war. Das Spiegelbild zeigte ihr eine fast vierzigjährige, verdreckte, hinterhältige Diebin. Bis es sich unter ihren Tränen in eine verschwommene Gestalt auflöste. So konnte sie Alessandro nicht unter die Augen treten, jetzt nicht, später nicht. Nie mehr! Sie wollte sich der Polizei stellen. Doch nachdem sie die Nummer gewählt hatte, legte sie auf. Sie wollte Essen zubereiten. Aber sie hatte das Netz mit den Einkäufen in dem Häuschen an der Bushaltestelle vergessen.

Maria fühlte sich elend und verloren. Diese Anspannung die letzten Jahre. Sie fror – das Kleid umklammerte sie wie eine kalte Hand und schnürte ihr die Luft ab –, bibberte vor Scham, Wut und Enttäuschung.

Da hörte sie das Schlagen von Autotüren, lautes, wütendes Schlagen, und sah aus dem Fenster. Weitere Wagen fuhren vor. Sieben oder acht mochten es sein. Durch den Dampf, der vom überschwemmten Parkplatz vor dem Hotel aufstieg, waren nur vage Umrisse zu erkennen – und die leuchtenden, rotbraunen Locken der Frau aus dem Taxi, die sich mit anderen zusammen dem Eingang näherte.

Maria nahm einen Stift und schrieb mit zittriger Hand, löschte das Licht und stürmte nach oben, in sein Zimmer. Ohne anzuklopfen stürmte sie hinein. Alessandro erschrak. War er entsetzt, weil sie so unvermittelt hereinplatzte und sich ihm zeigte, wie er sie noch nicht kannte? So, wie sie wirklich war? Oder weil sie ihn überraschte, wie er dastand in Socken und Unterhose, mit seinen triefenden Haaren, und mit einem Taschentuch an dem zerknitterten, fleckigen Anzug herumwischte?

»Alessandro. Du bist da!«

»Maria. Ich ... Maria?«

Er machte eine Bewegung auf sie zu.

»Bleib stehen«, bat sie ihn und machte eine abwehrende Handbewegung. Sie würde seine Berührung nicht ertragen können.

Im Erdgeschoss war ein Klopfen zu hören.

»Alessandro, sieh mich an.«

»Aber was ...«

»Sieh mich an!«, sagte sie eindringlich. »Mach endlich die Augen auf!«

Allessandro wirkte ratlos.

»Für deinen Großvater war ich eine Perle, weil ich es nicht übers Herz gebracht habe, ihn in seinem leeren Hotel sterben zu lassen, war ich die junge Frau, die ihn mit ihrem Lachen getröstet hat. Ich werde in ein paar Monaten vierzig, und ich bin mit meinem Latein am Ende. Draußen stehen Leute, die zu recht empört und aufgebracht sind. Denn sie sind von mir bestohlen worden, als sie in Not waren.«

Unten schlugen sie mit Fäusten gegen die Tür.

»Ich habe Angst und fühle mich nur noch erbärmlich.«

Wieder liefen Tränen über ihr Gesicht, spülten die Schminke die Wangen und den Hals entlang, färbten den Kragen ihres Kleides schwarz.

Alessandro sah sie an.

Gerade wollte sie sich abwenden, da hatte er sie umfasst und an sich gezogen, und sie lehnte sich an ihn.

»Gibt es einen Hinterausgang?«, fragte er.

»Nein.«

Er sprang in Hose und Schuhe. Sie stürzte mit ihm die Treppe hinunter. Als das Holz der Eingangstür splitterte, stieg auch sie aus dem Küchenfenster und lief mit Alessandro in den Wald hinein.

Es roch nach Moos, Pilzen und modrigem Holz. Auf einen Schlag war es drückend und schwül geworden. Blassgelbe Nebelschwaden hatten senkrecht zwischen den Bäumen Stellung bezogen. Wie eine Armee von blutleeren Gespenstern, die im Mondlicht skurrile Schatten warfen. Marias Füße sanken tief ein im morastigen Boden. Sie lief ohne Unterbrechung, ohne sich umzuschauen, Alessandro dicht bei sich.

An der Straße angekommen, hielten sie einander und verschnauften. Bis sich Scheinwerfer durch den Nebel fraßen und Alessandro sich mitten auf die Fahrbahn stellte und mit den Armen ruderte.

Spring zur Seite, wollte sie rufen, spring zur Seite, doch Maria war wie versteinert und brachte kein Wort heraus. Der Wagen bremste spät und schlingerte und kam kurz vor Alessandro zum Stehen.

Alessandro sprach mit dem Fahrer und winkte. Komm Maria, komm doch, rief er. Nein, nicht mit einem Auto, und nicht mit so einem Auto, nein, das geht nicht gut, wollte sie ihm sagen. Und stieg ein.

Der Taxifahrer schien nichts von ihrem Diebstahl zu wissen, gehörte anscheinend nicht zu der wütenden Horde, vor der sie geflüchtet waren.

»Sie sind meine ersten Kunden heute«, gab er grinsend bekannt. Er roch stark nach Bier. »Wo soll es hingehen?«

Alessandro überlegte.

»Nach Italien«, sagte er, »nach Italien!«

»Nach Italien«, lallte der Taxifahrer, »aber klar doch.«

»Alessandro, lass uns aussteigen«, flüsterte Maria. »Der Mann ist betrunken. Es wird nicht gut gehen!«

»Mir fällt schon was ein, wenn wir uns ein paar Kilometer vom Hotel entfernt haben. Beruhig dich, Maria.«

Sie würden beide sterben. Alle drei würden sie sterben. Wie sollte sie ihm das erklären? Sollte sie ihm sagen, ich erzähl dir eine seltsame Geschichte, hör zu, dann wirst du mir glauben. Als kleines Kind bin ich vor einen Wagen gelaufen und habe wie durch ein Wunder überlebt. Meine Eltern hatten keinen Schutzengel und sind bei einem Verkehrsunfall gestorben. Das Taxi, aus dem ich die Brieftasche und den Aktenkoffer gestohlen habe, ist in den Graben gerutscht, nachdem es an mir vorbeigefahren war. Wann es passiert und woran es liegt, weiß ich nicht, aber ich ziehe das Unglück an, wenn ich in die Nähe eines Autos komme. Ich habe lange gebraucht, um in einen Bus zu steigen und festzustellen, dass es geht, dass nichts passiert. Und willst du wissen, wie ich meinen Mann, den Fernfahrer, kennengelernt habe? In einem Geschäft sah ich mir Schmuck an. Plötzlich zersplitterte Glas, ich bekam einen gewaltigen Schlag von hinten, der mich durch die Luft katapultierte, über eine hüfthohe Vitrine hinweg. Als ich mich daran hochzog, sah ich mitten im Laden einen Lkw, der die Schaufensterscheibe durchbrochen hatte, und hinter dem Steuer das entsetzte Gesicht des Mannes, der mir zwei Wochen später im Krankenhaus einen Heiratsantrag machen sollte. Diesmal nimmt es ein gutes Ende, dachte ich. Jeden Tag brachte er mir Blumen und wir redeten miteinander. Später ... Er kam viel rum, und immer fand er ein kleines Geschenk für mich. Dann seltener, dann gar nicht mehr. Schließlich nahm er an einer Raststätte so ein junges Ding mit und kam nicht mehr nach Hause. Gestern hatte ich das Warten satt. Und nun sitze ich mit dir, Alessandro, in einem Taxi mit einem betrunkenen Fahrer.

Nein, das konnte sie ihm nicht erzählen, er würde sie für verrückt halten.

»Maria? Habe ich richtig gehört? Maria?«, erkundigte sich der Taxifahrer und reckte den Hals, um sie im Rückspiegel besser sehen zu können.

»Achten Sie auf die Straße!«

»Welche Straße? Sehen Sie eine?«

»Lassen Sie uns bitte aussteigen!«

»Unbefleckt sind Sie ja nicht gerade. Wie ...«

»Was fällt Ihnen ein!«, fiel Alessandro ihm zornig ins Wort.

»Hej, hej, hej, ist ja gut, Josef.«

»Halten Sie jetzt an! Ich werde Sie gut bezahlen«, sagte Alessandro, noch immer aufgebracht.

»Gut bezahlen? Das ist witzig. Ich kann mich nicht erinnern, wie lange das her ist, dass man mich gut bezahlt hat.«

Er fuhr einfach weiter, stierte durch den Nebel auf den Mittelstreifen, stierte in den Rückspiegel. Alessandro hatte Sorgenfalten auf der Stirn. Wir hätten nicht einsteigen dürfen, ängstigte sich Maria, wir hätten auf keinen Fall einsteigen dürfen!

»Ich hab dein Geld nicht nötig! Da staunst du!« Der Ton des Taxifahrers wurde aggressiver. »Du denkst wohl, weil du im Anzug steckst, kannst du mir mit deinem Geld imponieren? Damit sammelst du unter Garantie bei deiner verhinderten Jungfrau Pluspunkte, nur bei mir nicht. Nicht bei mir!«

In dem schmutzigen, schlierigen Dunst wurden die ersten Lichter der Stadt sichtbar. Das Taxi fuhr mit viel zu hoher Geschwindigkeit. Die Straßen wurden wegen des Fahrverbotes von Streifenwagen kontrolliert. Wenn eine Streife auf sie aufmerksam würde und sie anhielte, wäre die Fahrt endlich vorbei. Aber wenn es eine Suchmeldung gab, nach Maria, der Diebin, was dann?

»Der gerechte Pfad glänzt wie das Licht am Morgen. Der Gottlosen Weg ist wie das Dunkel«, vermeldete der Taxifahrer mit gepresster Stimme. »Gibt es noch Gerechtigkeit, Maria? Was meinst du?«

»Ich weiß es nicht«, antwortete sie unsicher.

»Sie weiß es nicht ...« Er schüttelte den Kopf. »Woher auch? Läufst durch die Gegend wie eine Prinzessin. Wie war die Party? Gab es Champagner? Nette Konversation?«

»Es reicht!«, drohte Alessandro. »Wenn sie nicht sofort ...«

Der Wagen berührte mit den Reifen den Bordstein, zog ruckartig nach links und kam wieder auf die Fahrbahn. Wenn der Mann in der engen Innenstadt nicht das Tempo drosselte, war ein Unglück unvermeidbar.

»Steig doch aus, wenn du Fracksausen kriegst. Steig doch aus! Jetzt hört ihr mir mal zu. Einmal hört *ihr* mir zu. Habt ihr überhaupt eine Vorstellung, wie das ist, ständig die Wand anzuglotzen? Meint ihr, mir macht das Spaß, ich habe mir das ausgesucht? Und kein Arsch interessiert sich für dich? Weil du nicht mehr Tag und Nacht buckeln magst, damit sich andere die Taschen vollstopfen. Weil du zu alt bist. Zu alt!«

»Ich verstehe Sie«, sagte Maria.

»Nichts verstehst du. Abserviert habt ihr mich. Auf mir rumgetrampelt. Und, dein Gigolo, wo arbeitet der? Bei der Bank? In der Industrie? Auf Kosten derer, die sich trauen, den Mund aufzumachen. Die auf die Straße gehen, anstatt sich für einen schicken Anzug zu verkaufen.«

»Wir sind nicht das, wofür Sie uns halten.« Maria verspürte seltsamerweise keine Angst mehr.

Das Taxi sauste an den Straßenlampen vorbei, der Nebel verflog und verdichtete sich im nächsten Augenblick wieder, Alessandro hielt sie fest, und sie hörte den konfusen Monolog des Taxifahrers nur noch bruchstückhaft, unwirklich, wie alles um sie herum – ein Film in Zeitlupe, betäubend und faszinierend.

»Für Gerechtigkeit musst du schon selbst sorgen. Dir zurückholen, was dir zusteht. Ihr habt mich unterschätzt. Irgendwann kommt immer die große Abrechnung.«

Maria küsste Alessandro und schloss die Augen. Dieser Kuss sollte nicht enden, sollte niemals enden.

ANGELINA

Sie hatte die Nase gestrichen voll. Von Taxis, Taxifahrern und trotzigen Gören.

»Warum frisst du alles in dich rein?«, stellte Angelina sie zur Rede.

Nicole hatte keinen Ton von sich gegeben, seitdem sie vom Hotel losgefahren waren.

»Ist David dir egal?«

Nicole schwieg sich weiter aus.

»Na gut, dann lass dir was einfallen. Wir sind gleich da.«

»Dass er *dir* nicht egal ist, ist nicht zu übersehen«, entfuhr es Nicole.

»Wie wäre es, wenn du einmal bei dir schauen würdest?«

»Wer nimmt denn Rücksicht darauf, wie es *mir* geht?«

»Er hat sich um dich bemüht.«

»Ach ja? Er will doch nur so schnell wie möglich weg.«

»Und was wolltest du?«

Da sie keine Antwort bekam, dachte Angelina darüber nach, was Nicole gesagt hatte. David war ihr nicht gleichgültig, das stimmte. Anfangs war er ihr regelrecht auf den Wecker gegangen mit seiner komplizierten Art. Argwöhnisch und hin- und hergerissen, bekam er keinen Boden unter die Füße und war schwer zu durchschauen. Doch langsam war er aufgetaut im Umgang mit Nicole, die sich noch zugeknöpfter gab – und auch ihr gegenüber. Da war mehr möglich, viel mehr, wenn er sich traute. Sie spürte das. Und es würde sie berühren. Vorhin, bei dem Überfall, hatte er die Ruhe bewahrt und sich vor sie gestellt. Nicht die Tatsache, dass er sie beschützt hatte, beeindruckte sie – bislang war ihr in der Not immer etwas eingefallen –, es waren seine Entschlossenheit und Sanftheit. Als wäre etwas von ihm abgefallen, und da war es, das, was sie berührte. Aber er saß auf gepackten Koffern, einer davon voller Geld, und sie hatte vorgehabt, sich zu besinnen, herauszufinden, wie sie ihrem Leben eine neue, eine gute Richtung geben konnte. Ohne Mann, ohne jemand anderen.

»Ist es hier?«, fragte der Taxifahrer.

»Ja, hier ist es.«

Angelina bewegte den schmerzenden Nacken und stieg aus. Sie ordnete ihr Kleid – ein Träger war gerissen – und hielt den Stoff, der glatt und verschwitzt war, mit einer Hand fest. Mit der anderen nahm sie Davids Aktenkoffer von der Rückbank.

»Was bekommen Sie?«

»Nichts,« sagte der Taxifahrer und stellte den Rucksack auf den Fußweg.

»Das ist nicht meiner!«, beschwerte sich Nicole, während die Rücklichter des Taxis vom Nebel verschluckt wurden. »Der Trottel hat einen falschen Rucksack eingepackt! Hättest du ihn mich bloß selbst holen lassen.«

»Nimm ihn mit hoch. Wir rufen bei der Taxigesellschaft an. Du wirst deinen wiederbekommen.«

Nach dem ganzen Durcheinander war Angelina froh gewesen, dass sich einer bereit erklärt hatte, die beiden zurückzufahren. Nachdem sie Nicole nach hinten ins Taxi bugsiert hatte, wollte sie sie auf keinen Fall aus den Augen lassen, und so hatte der Fahrer in den anderen Wagen nachgesehen, schließlich den Rucksack gefunden – einen anderen Rucksack – und in den Kofferraum geworfen.

Eine funzelige Lampe und Davids bleiches Gesicht, von Verbitterung gezeichnet, waren die einzigen Lichtpunkte in der Wohnung. Er kauerte auf dem Boden. Angelina kniete sich zu ihm hinunter und legte ihre Stirn an seine.

»Wir sind wieder da.«

David schluckte, löste seine Stirn von ihrer und sah Angelina betreten an. Und dann Nicole, die unglücklicherweise grinste, nur wurde sein Blick jetzt schneidend und hart.

»Und was hast du dazu zu sagen?«, schrie er sie an und sprang auf.

»Wir haben einiges mitgemacht!«, bremste ihn Angelina.

David schubste sie zur Seite. Der andere Träger zerriss. Das Kleid rutschte bis auf Angelinas Hüften herunter. Dessen ungeachtet trat sie ihm wieder entgegen. So durfte sie keiner mehr behandeln, nie mehr!

Er zögerte und senkte schließlich den Kopf.

Wäre das Mädchen nicht gewesen, hätte sie ihn geohrfeigt, ihn gerüttelt und angefaucht, damit er diesen Dämon davonjagte, diesen Schatten des Misstrauens und der Unversöhnlichkeit.

So schmiegte sie sich an ihn und redete beschwichtigend auf ihn ein: »Wir sind alle verletzt. Alle brauchen wir jetzt Trost.«

Die unnachgiebige Härte wich aus Davids Körper. Angelina fühlte, wie seine kalte Hand zaghaft ihren Rücken streichelte. Sie sehnte sich danach, sich fallen zu lassen.

Geschirr klimperte, Schränke wurden auf- und zugeklappt – Nicole hatte sich in die Küche verdrückt. Angelina war ebenfalls hungrig und obendrein wie zerschlagen.

»Lass sie«, beruhigte sie David, »ich erzähl dir gleich, was passiert ist. Gib mir eine halbe Stunde.«

Ein zerrissenes Kleid bietet einen Anblick wie ein Strauß Frühlingsblumen, durch den ein Orkan gefegt ist. Eine Frau in einem derart lädierten Kleid einen noch zerbrechlicheren. Nachdem Angelina das, was übriggeblieben war, ausgezogen hatte, und den Slip und die Schuhe, an denen dicke Klumpen Erde pappten, legte sie sich hin. Ein paar Minuten nicht bewegen, ein paar Minuten nichts hören und sehen. Am liebsten das Schlafzimmer nicht mehr verlassen.

Wie sich Georg wohl fühlte? Sie würde ihm ihre Hilfe anbieten, so wie er es getan hatte. Vor allem musste sie sich um sich selbst kümmern, eine Woche im Bett bleiben und lesen, die neue CD hören und einfach abschalten. Sich dann um einen anderen Job bemühen, einen, der ihr gut tat. Schluss damit, sich ständig aufzureiben und dabei zu vergessen, wer sie war und was sie wollte. Nur nicht wieder absinken. Es war ihr schon schlechter gegangen, viel schlechter, doch sie hatte gekämpft und sich gerappelt.

Sie schlüpfte in den Bademantel und begab sich in die Küche, um etwas zu trinken. Nicole lehnte am Kühlschrank. Sie deutete mit dem Kinn auf David, der leichenblass in den geöffneten Aktenkoffer stierte.

Angelina wandte sich ihm zu. Anstelle des Geldes füllte eine Fußmatte den Aktenkoffer aus, mit der glatten Unterseite nach oben. Vorhin, als sie sich die Schuhe abtreten wollte, war ihr aufgefallen, dass sie nicht mehr im Treppenhaus lag. Dicke, kruckelige Buchstaben waren darauf zu sehen. Die Buchstaben bildeten Wörter in roter Farbe, die roten Worte den Satz: *Gib's den Armen und du wirst einen Schatz im Himmel haben.*

»Was hat das zu bedeuten, David?«

»Dass Jesus Humor hat«, sagte er und lachte dabei. Es war kein angenehmes Lachen.

»Wie meinst du das?«

Er seufzte.

»David, ich verstehe das nicht.«

»Ist es nicht seltsam? Ich war bereit, alles wegzugeben. Damit Nicole ... nichts geschieht ... und dir. Natürlich habe ich auch Angst um mein Leben gehabt. Vielleicht vor allem um mein Leben, das irgendwie nicht in Gang kommt. Fünfzehn Jahre lang Schein auf Schein stapeln ... für einen Neuanfang. Woanders. Ganz anders. Und dann abgeknallt werden, mit einem Koffer voller Hoffnung in der Hand ... Ich war sogar ein wenig erleichtert, als ich ihn losgelassen habe, frag mich nicht, warum. Nur, jetzt ist es so, als wenn mir diese vielen Jahre gestohlen worden sind und mir nichts bleibt.«

Angelina entsann sich eines Zitats von John Lennon: *Leben – das ist etwas, das passiert, während du Pläne machst.*

Aufgefangen und gehalten werden, bevor der Sog in die dunkle, kalte Leere seine unaufhaltsame Kraft entfaltet, mehr braucht es nicht. Nur ist meistens niemand da. Aber sie konnte jetzt für ihn da sein. Also setzte sie sich auf die Lehne des Sessels und zog David sanft an sich, so dass sein Kopf an ihrer Brust ruhte, auf ihrem Herzen, damit er es schlagen hörte.

Es breitete sich eine Stille aus, die schwer zu deuten war. Eine dieser Patt-Situationen, in der keiner weiß, zu welcher Seite die Waage kippt.

Angelina durchbrach die Stille und entschied sich dazu, das Bad aufzusuchen. Vater und Tochter waren soweit, sich zu unterhalten, ohne sich an die Gurgel zu gehen. Sie sprang unter die Dusche, um den Tag abzuspülen, wegzuwaschen und zu vergessen. Den Überfall, den Toten, die Taxifahrt, die ganzen verqueren Ereignisse. Obwohl das Wasser immer noch trüb war und stark nach Chlor roch, fühlte sie sich hinterher erfrischt. Die Beule an der Schläfe, die sie sich beim Zusammenprall mit Nicole eingehandelt hatte, und die Kratzer am Kinn verschwanden, so gut es ging, unter einer dünnen Schicht Make-up. Was die Augenringe anging – da half nur schlafen, eine lange traumlose Nacht ohne Unterbrechung. Und wenn sie sich nicht ruckartig bewegte, würde ihr der Kopf schon nicht abfallen.

Gut, dass die Frau im weißen Kleid davongekommen war. Was auch immer sie dazu bewogen hatte, sie zu bestehlen, Angelina hätte sich zwischen sie und die Männer gestellt, so wie sie verhindert hatte, dass David auf Nicole losgegangen war. Nichts rechtfertigte Gewalt gegen Frauen, wenn auch sie durchaus gewalttätig sein konnten, mit subtileren Methoden. Sie mochte Frauen, fragte sich mitunter, ob sie lesbisch sei, aber das war es nicht. Mit Nicole hatte es seine eigene Bewandtnis. Was hatte Angelina nicht alles mit siebzehn, achtzehn angestellt. Das Schlimmste war die Abtreibung gewesen. Ihr Mädchen wäre jetzt im gleichen Alter. In ihren Träumen sah es sie an, mit seinen traurigen, fragenden Augen. Immer von einem Boot aus, das ohne Segel auf einer endlosen Wasserfläche treibt. Immer im selben roten Sommerkleidchen, die rostroten Locken vom Wind zerzaust. Ein Kind darf Irrtümer begehen. Man muss ihm immer wieder eine Chance geben. Es sehnt sich nach bedingungsloser Liebe.

Angelina zündete die Kerze an, warf den Bademantel über den Stuhl und kroch unters Bettdeck. Schlug den Roman auf, begann zu lesen, doch die Geschichte blieb nicht haften, löste sich auf wie Salz im Regen, und legte das Buch aus der Hand, nachdem David geklopft und sich zu ihr gesetzt hatte.

»Wegen vorhin ...«, stammelte er.

»Ja?«

»Sie provoziert mich. Wie ihre Mutter. Sie braucht nur die Mundwinkel zu verziehen und ich sehe Veronika vor mir.«

»Ach so.«

»Warum nimmst du sie ständig in Schutz?«

»Gaukelst du dir wahrhaftig vor, du wärest der einzige Mensch auf der Welt, der sich verlassen fühlt? Mach nicht so ein Drama daraus! Willst du dich dein Leben lang beschweren? Bist du mal auf die Idee gekommen, dass es andere mit *dir* nicht aushalten? Niemand wird gern angeschrien und durch die Gegend geschubst.«

David biss sich auf die Zunge und brachte eine Entschuldigung zustande. Eine ernstgemeinte Entschuldigung. Er werde ihr ein neues Kleid kaufen. Und sie habe sehr begehrenswert ausgesehen, vorhin. Und wild. Wie eine Amazone ohne Pfeil und Bogen.

»Es ist nicht einfach mit ihr«, Angelina musste schmunzeln, »aber nicht schwieriger als mit dir.«

»Ich habe geglaubt, ich sehe euch nicht wieder, ihr seid auf und davon mit dem Geld.«

»Ohne Geduld wirst du nichts herausbekommen. Vermutlich wollte Nicole verhindern, dass du den nächsten Flieger nimmst.«

»Und du?«

»Früher habe ich mir selbst das Kleid heruntergerissen. Hat erstaunlicherweise gut funktioniert. Allerdings nicht auf Dauer. An einem, den ich wirklich geliebt habe, habe ich mich festgeklammert. Mit Armen und Beinen. Wie eine Bescheuerte. Nicht zur Nachahmung zu empfehlen. Es bewirkt das Gegenteil. Was möchtest du hören? Ich habe dir deinen Aktenkoffer zurückgebracht. In dem Glauben, dass sich Geldscheine darin befinden, von denen du dir ein Flugticket kaufen wirst.«

Das war offensichtlich nicht die erwartete Antwort. Und dass ihre Stimme ruhig klang, war David sichtlich unangenehm.

Sie schämte sich nicht für das, was sie getan hatte. Nicht mehr.

»Um ehrlich zu sein, kam ziemlich schnell ein Gefühl der Erleichterung, nachdem Veronika spurlos verschwunden war. Bis auf meinen angeknacksten Stolz«, brachte David hervor. »Wahrscheinlich hätte ich mich auch an sie geklammert.«

»Du hängst immer noch an ihr«, sagte Angelina.

»Absolut nicht«, behauptete er.

»Verzeih ihr.«

Er erhob sich und ging auf und ab.

»Erzähl mir, wo ihr gewesen seid.«

Davids Schatten wanderte die Wände entlang. Angelina erinnerte sich daran, dass so der Anfang vom Abschied aussieht.

»Mir nichts, dir nichts war sie weg. Mit Rucksack und Aktenkoffer. Ich bin runter, so schnell ich konnte, und habe gerade noch das Taxi stoppen können. Sie wollte partout nicht aussteigen. Der Fahrer, so ein Aufgeblasener mit Lederkappe und Zopf, wurde ungeduldig. Was denn nun? Zum Bahnhof oder nicht? Was soll das Gezicke? Wer bezahlt mir das? Ich bin zu ihr nach hinten eingestiegen und habe versucht, aus ihr rauszukriegen, was in sie gefahren war. Wohin denn nun? Egal wohin, raus aus der Stadt, aber langsam. Nachdem ich sie pausenlos bearbeitet hatte, war sie bereit umzukehren. Ich bin nicht richtig schlau daraus geworden, aber sie brauchte das Geld dringend und wollte es dir zurückzahlen.«

»Mir gegenüber hat sie sich ähnlich geäußert. Warum hat sie mich nicht einfach ganz normal gefragt?«, entrüstete sich David.

»Das Taxi hat also gewendet und der Kerl ist mit Volldampf losgerast. An einer Bushaltestelle wartete eine Frau in einem auffallenden, weißen Kleid. Eine Prinzessin, die aus dem Märchenbuch gefallen ist. Der Kerl hat sich den Hals verdreht, um durch den Nebel was zu erkennen, und nicht auf die Kurve geachtet. Als ich zu mir kam, hörte ich, wie der Fahrer über Funk seine Kollegen zusammentrommelte. Der Wagen lehnte an einem Baum. Nicole war ebenfalls wieder bei Bewusstsein und wir krochen durch die kaputte Heckscheibe ins Freie. Sie hatte nur ihren Rucksack dabei. Der Aktenkoffer war nicht mehr da. Dieses Luder kann was erleben, fluchte der Kerl, klaut mir auch noch die Brieftasche. Dieses Luder! Wir wurden abgeholt. Am liebsten hätten sie uns mit dem Bus nach Hause geschickt. Dann ging es zu einem Hotel. Ein Taxi nach dem anderen schob sich auf den Parkplatz. Der Bus hat sie oben am Wald abgesetzt, die Schlampe muss dort drin sein, keifte einer. Die Tür haben sie einfach eingetreten und sind reingestürmt. Wie eine Meute Hunde bei einer Hetzjagd.«

Sie schüttelte sich, um sich von der Erinnerung daran freizumachen.

»Wie die Bestien. Erspar uns das, Gott, Nicole und mir, habe ich innerlich gebetet. Ich bete sonst nie. Zum Glück war die Frau nicht im Haus. Auf dem Tisch in der Küche fanden wir die Brieftasche und den Aktenkoffer. Daneben einen Zettel: *Verzeihen Sie mir. Ich habe nichts angerührt. Bitte verzeihen Sie mir.*«

»Ein wertloser Aktenkoffer. Und ein Abtreter.« David berührte ihre Wange.

»Ein Vater muss für seine Tochter da sein, sie beschützen ...«

Das Kerzenlicht flackerte. Eine Tür fiel leise ins Schloss.

David zuckte zusammen.

» ... und sie gehen lassen«, vollendete Angelina ihren Satz.

Als David begriffen hatte, lief er los. Bis auf die Straße. Diesmal war Nicole nicht mehr einzuholen.

Außer Atem sank er neben Angelina aufs Bett und raufte sich die Haare.

»Sie wird sich melden«, tröstete sie ihn, »du wirst sehen.«

»Wenn ich wenigsten wüsste, ob sie wirklich meine Tochter ist.«

Die Kerze flammte ein letztes Mal auf. Es wurde dunkel. Dunkel und friedvoll.

Angelina hob das Bettdeck und deckte auch ihn damit zu. Ihre Lippen berührten seine. Davids Hand war noch heißer als ihre Brüste, und als sie über ihren Bauch strich und tiefer drängte, presste Angelina die Schenkel zusammen. Denn David sprach das aus, was ihm unversehens wieder einfiel. In seinen Manteltaschen steckten mehrere Bündel Scheine. Genug für ein Ticket.

ERNST

Tage, an denen alles zusammenpasst, an denen ein Rad ins andere greift, haben Seltenheitswert. Die kreuzt man sich rot an im Kalender. Davon erzählt man noch den Enkeln. Insofern man welche hat. Wenn du ständig wie ein Mülleimer behandelt wirst, ist solch ein Tag ein Triumphzug ohnegleichen. Und kein Zufall! Gerechte Ausgeglichenheit, nein, ausgleichende Gerechtigkeit nennt man das. Das Glück des Tüchtigen. Etwas nachhelfen kann nämlich nicht schaden. Der Wind hatte sich gedreht. Jetzt flog der Dreck denen in die Visage, die damit um sich warfen. War ja auch viel gerechter. Die Gesichter musste man sich mal reinziehen! Maria und Josef hatten sich fast in die Hose gemacht. Und brav bezahlt, nachdem er sie am Bahnhof rausgeschmissen hatte.

Ernst war in Hochstimmung. Heute konnte er verzapfen, was er wollte: Fortuna war ihm hold, und die Lottofee spielte dazu auf der Posaune. *I'm on the road again* krächzte er aus voller Kehle. Die alten Sachen wurden rauf- und runtergedudelt, die richtig guten uralten Sachen. Bis eben. *Der Song* ging ihm eigentlich auf die Eier – so ein bekiffter Gockel, was der sich da zusammennuschelte, und im Hintergrund furzte einer in die Mundharmonika –, egal, der Text passte wie der Bolzen in die Mutter. Der Daimler fraß den Mittelstreifen wie Bandnudeln. Italien rückte näher.

Es war besser, auf der linken Spur zu bleiben. Je weiter er nach Süden kam, je mehr Sterne sich am Himmelszelt breitmachten, desto voller wurde die Autobahn. Der Südländer kennt kein

Fahrverbot. Seit drei, vier Stunden hatte Ernst den Bleifuß auf dem Gaspedal geparkt. Die Taxifahrerbande machte ihm Sorgen. Immerhin funkten sie ihm nicht mehr dazwischen.

I can't get no satisfaction konnte sich der Sender sonstwo hin stecken. Von wegen. Er drehte das Radio aus. Es wurde Zeit, dass er eine Braut in die Finger bekam. Eine Dunkelhaarige. Das sollte kein Problem werden. Das waren sie doch alle, dunkelhaarig, die Sofias und Ginas. Die Sprache ist unwichtig, solange man mit den Scheinchen winkt. Die Küstenstraße runter bis in die Stiefelspitze und am Hacken retour. Der letzte Urlaub lag Lichtjahre zurück. Ernst war so blass wie der Hintern eines Schneeleoparden. Nach einer Woche Sonne, Strand, Meer und Chianti würde ihn die eigene Mutter – Gott habe sie selig – nicht mehr erkennen.

Apropos Scheinchen. Kurz nach Mitternacht – ein neuer, verheißungsvoller Erdentag begann – tastete Ernst im Finstern herum. Rechts unten, vor dem Beifahrersitz, wartete sein Schätzchen auf ihn. Wieso fand er den blöden Verschluss von dem Rucksack nicht? Na endlich. Sich einen Packen Hunderter in aller Seelenruhe und voller Genugtuung zu grapschen, war ein Vergnügen, das Ernst bislang nicht vergönnt gewesen war – bei der genialen Blitzaktion im Treppenhaus hatte er dafür keine Muße gehabt – und bis auf unbestimmte Zeit weiterhin versagt bleiben sollte. Wie auch immer: Mit einem Griff verwandelte sich Wein in Wasser, der Heilige Gral in einen Rucksack mit Ringelsocken, Slips und Strickpullis mit Zopfmuster, einen Rucksack, der bei Licht betrachtet nicht seiner war.

Ernst stürzte in einen mentalen und emotionalen Abgrund, lenkte den Schlitten apathisch vor eine Raststätte, ging wie ein Schlafwandler hinein, bestellte zwei Flaschen Bier und schleppte sich an eine Metallstange, auf die eine Tischplatte geschweißt war. Das Plastikfurnier krümmte sich unter einer Schicht Majonäse. Trotzdem roch es nach Ketchup.

Von schräg gegenüber gafften ihn zwei fossile Neo-Hippies an. Auch das noch! Sie braungebrannt bis in die Fußnägel, den Ausschnitt bis zum Bauchnabel, von einem BH noch nie was gehört. Bunte Ketten, mit denen die Eingeborenen Geschäfte machen, Glasperlen, Knochen und Muscheln baumelten auch an ihr runter. Ihr Macker sah aus wie der Weihnachtsmann auf Karibik-Törn, schielte über die Hornbrille wie ein kastrierter Kakadu und hatte das Blümchenhemd mit grauen Brusthaaren gefüttert. Gearbeitet hatten die bestimmt noch nie. Per Anhalter durch die Weltgeschichte und sich durchschnorren. Lieblingsbeschäftigung: Rumhängen und Däumchen drehen. Wenn die wenigstens nicht in einer Tour grinsen würden. Da wurde einem das Bier schal.

Ernst war zu abgekämpft, um sich groß aufzuregen. Nach dem vierten Export rekonstruierte er. Er war im Wald schiffen gewesen. Hatte voller Vertrauen den Rucksack im Taxi gelassen. Außerdem brauchte er beide Hände. Eine, um sich an den Baum zu stützen. Das viele Bier, die ganze Aufregung, die tiefhängenden Wolken. Nachdem er sich erleichtert hatte, reihten sich mindestens zehn Karren aneinander, die sich glichen wie ein Ei dem anderen. Wie sich die Taxifahrerbande auf dem Platz zusammenrottete und losmarschierte, erinnerte ihn an die Kundgebungen, bei denen Steine flogen. Eine Friedensdemo sah jedenfalls anders aus. Auch die Sexbombe mit dem Karottenkopf und dem bewegten, knallroten Kleidchen war zur Stelle. Schaukelte auf das Hotel zu wie eine Götterspeise. Kein Wunder, dass die Männer die Tür aus den Angeln hieften. Irgendwie überkam ihn das Gefühl, dass sie hinter ihm her waren. Wo das Weibsbild auftauchte, diese dralle Sirene, würde bald ein Schuss fallen. Er klapperte die Taxis ab, bis er seinen Rucksack auf dem Rücksitz erkannte. Vielmehr meinte, ihn zu erkennen. Alles drehte sich noch ganz ordentlich, Licht war Mangelware, und da der Schlüssel steckte, galt es, nicht lange zu fackeln. Als er etwas später den Rucksack über die Lehne hob und vorne auf dem Boden verstaute, um diese Maria und ihren schnieken Galan mitzunehmen, kam er ihm verdächtig leicht vor. Ein Fünfliterpott Farbe verliert nicht so schnell an Gewicht. Josef redete wie ein Buch und Maria kam von einer Wet-T-Shirt-Party, und schon hatte er seine Bedenken vergessen.

Eins stand hundertprozentig fest: Er war wieder gelinkt worden.

Ernst schlurfte los und orderte einen Toast. Die Dicke im Kittel machte den Eindruck, als wenn sie gerade die Männerklos geschrubbt hätte und ihn dafür verantwortlich machte, dass jeder danebenpinkelte. Sie reichte ihm angewidert die Schnitte. Ernst biss rein und spuckte. Das Ding sieht nicht nur aus wie Wellpappe, es schmeckt auch so, monierte er. Sie solle ihm was anderes über den Tresen reichen, aber nichts aus dem Antiquariat. Hier gibt's nur Schnitten, die nach Pappe schmecken, belehrte sie ihn. Und den Papp da – Ernst deutete auf den Eintopf – hast du in deinem Wischeimer zubereitet. Gratuliere, Volltreffer!, musste er sich anhören. Ich gehe jetzt runter, schiffen, warnte er sie. Was das betrifft, ist Zielen nicht meine Stärke. Vergiss nicht, die Hose aufzumachen, bevor du deinen kleinen Pappkameraden lüftest, giftete sie ihm hinterher.

Wie er das hasste! War das angeboren? Bekamen sie das mit in die Wiege gelegt? Warum funktionierte die Fortpflanzung ungeachtet dessen weiter? Ein lebenslänglicher Blackout der Evolution. Nach normalen Maßstäben hätte die Menschheit längst ausgestorben sein müssen. Permanent das letzte Wort haben, Sommer wie Winter, was mittlerweile eins war. Außer in Italien und im Süden schlechthin. Damit meinte Ernst das Klima. Über die Bräute würde er sich ein Bild machen. Intensivst. Ein Segen, dass er die Sprache nicht verstand.

Ernst trat vor die Raststätte, nachdem er sämtliche Wasserhähne im Pissoir aufgedreht hatte. Die Abflüsse zu verschließen, hatte er sich verkneifen können. Die waren eh verstopft. Die feiste Schachtel sollte noch lange an ihn denken.

Er lungerte ein wenig herum, bevor er sich an die Auffahrt stellte. Im Wagen fror man sich sonst was ab. Ein geklautes Taxi war obendrein die ideale Tarnung für masochistische Deppen. Dass sich ihm der Taximob auf die Fersen heftete, war so klar wie Kloßbrühe. Wer Türen mit den Sohlen öffnete, brachte behutsam vorgetragenen Argumenten wenig Beachtung entgegen. Ernst war ein Outlaw. Auf der Flucht. Zu klug für seine Verfolger.

Gleich die erste Karre hielt an: ein museumsreifes Wohnmobil, bemalt mit überdimensionierten Blumen und Blubberbläschen und von Aufklebern aus aller Welt zusammengehalten. Die Scheibe an der Beifahrerseite wurde quietschend heruntergekurbelt und der Weihnachtsmann, dessen Augen sich nicht auf eine Blickrichtung einigen konnten, hängte seinen Bart nach draußen.

»Steig ein, Mann!«

Hätte er nicht den Singular gewählt, Ernst wäre davon ausgegangen, dass zwei andere, rechts und links neben ihm, gemeint waren.

Hinterm Steuer saß zum Glück die Sonnenanbeterin. Wer weiß, wo Guido, so stellte sich der Schielende vor, sie hingelenkt hätte. Ernst hatten sie in die Mitte bugsiert. Eine breite Sitzbank. Schonbezüge aus Zebrafell. Neben der Braut, die sich mit einem indischen Künstlernamen schmückte, von dem er sich nur den Anfang merken konnte, kam er sich vor wie ein Bauarbeiter, der kopfüber vom Gerüst gefallen war. Nun gut, er war nicht besonders groß, dafür aber ziemlich kantig. Ma Soundso hatte einen Stock verschluckt, und so sehr Ernst sich auch bemühte, gerade zu sitzen, sie thronte immer zwei Etagen über ihm.

Der Caravan schaukelte wie ein ausgeleiertes Sofa und klang, als wenn einer ständig Töpfe gegeneinander schlug. In der Tat hing an der Decke ein komplettes Kochgeschirr. Omas Wohnzimmer hatten Ma und Guido auch eingeladen. Die Heizung war im Eimer, das heißt auf Dauerbetrieb. Ernst zog Jacke und Pullover aus.

»Wennste die Polster zusammenschiebst, kannste hinten locker mit zehn Leuten pennen«, erklärte ihm Guido stolz und reichte ihm die Selbstgedrehte.

Übereinander vielleicht. Oder wenn man doppelt sieht. Ernst hielt nichts vom Kiffen, das war was für arbeitsscheue Spinner, aber man sollte alles mal ausprobieren. Und dann wollte er die Tüte nicht mehr weiterreichen.

»Cooler Spruch auf deinem T-Shirt«, lobte ihn Ma Soundso. »*Go Hard Or Go Home* – das is echt cool.«

Ernst wuchs ein Stück in die Höhe, was nicht ausreichte, um über Mas Schulter zu gucken, und stimmte ihr zu: »Ja, das ist cool, Ma. Und du bist auch echt cool. Und Guido erst recht.«

»Wir fahren der Sonne entgegen«, posaunte Guido. »Spielste Gitarre? Nein. Macht nichts. Magste Lagerfeuer, Strand und coole Leute? Ja? Cool. You're welcome! Du bist dabei, Mann!«

»Ich kann euch die Kiste noch was verschönern«, vermeldete Ernst. »Gebt mir Pinsel und Farbe. Darauf verstehe ich mich.«

»Cool, Ernst!«, kommentierte Ma, die ihm den Joint hatte entreißen können.

Super-Typen, an die er da geraten war. Es gab viel zu lachen mit den beiden. Und das Geld, das er sich in die Hosen- und Jackentaschen gestopft hatte, um den Rucksack nicht zu überladen, hielt mindestens ein halbes Jahr. Wenn nicht länger. Gute Aussichten. Endlich gute Aussichten.

»Jesus war auch cool«, sagte Ernst mit der Miene eines mit allen Wassern gewaschenen Weltumseglers, der in einsamen Stunden Bibel, Lexikon und Kamasutra auswendig gelernt hatte, das Bild in der Hand haltend, das in einem kreisrunden

Rahmen das Endstück der Holzperlenkette bildete, die am Innenspiegel vor seiner Nase hin und her pendelte. Gut möglich, dass der Abgebildete auch Guido war oder ein anderer Bärtiger. Während am Abendhimmel die Milchstraße glänzte, war der Innenraum des Caravans völlig vernebelt, und Ernst hatte sich auch einen Silberblick zugezogen.

Als Guido die angestaubte Flasche Wein unter dem Sitz hervorkramte, verkündete Ernst feierlich: »Das Obercoolste ist, dass Jesus sich abgesetzt hat. Nach seiner Auferstehung. Irgendwann ist das Maß voll. Leck mich am Arsch: Den suchen sie noch heute.«

MARIA / ALESSANDRO

Maria hatte die grandiose Körperlichkeit, die Statuen von Michelangelo unerreichte, sinnliche Ausdruckskraft verleiht, in den Schatten gestellt. Das Kleid um ihren Körper modelliert, eins mit ihrem Körper. Sie war wunderschön. Und Alessandro erregt und verzaubert. Sie werde bald vierzig sein, sie habe Leute bestohlen – ihre Worte hatten für ihn jegliche Bedeutung verloren. Alessandros Verstand war ausgeschaltet. War jäh überwältigt worden und gab sich einsichtig einer höheren Macht geschlagen. Innere Klarheit hatte die Führung übernommen, nicht blinde Verliebtheit, hatte Liebe zur Gewissheit werden lassen.

Alessandro betrachtete Marias Gesicht – das Antlitz einer Elfe –, das sich entspannt hatte, nachdem sie ihren Verfolgern entkommen und aus dem Taxi ausgestiegen waren, nachdem der Zug seine monotone Melodie angestimmt hatte und sie an seiner Schulter eingeschlafen war.

Maria öffnete die Augen und überlegte einen Moment, ob sie träumte. Ihr Kleid war getrocknet und Alessandro hatte sie mit seinem Jackett zugedeckt. Das Gefühl der Schuld und die Angst vor dem Unbekannten waren einer aufgeregten Erleichterung gewichen. Der Zug brachte sie unaufhaltsam fort, fort aus der Melancholie und Erstarrung.

»Habe ich lange geschlafen?«, erkundigte sie sich bei Alessandro.

»Wir sind seit etwa zwei Stunden unterwegs. Fühlst du dich gut?«

»So gut wie schon lange nicht mehr.«

»Sieh nur«, Alessandro zeigte aus dem Fenster, »der große Wagen, und dort, der hell strahlende Punkt ist Venus, und wenn wir erst da sind, kannst du Tausende von Sternen sehen, so klar sind die Nächte bei uns zu Hause.«

Maria begriff, dass es für sie kein Zurück gab, dass ihr Zuhause gestorben war. Und mit ihm das Warten – und ihr Mann.

»Ich habe nichts dabei ... für einen Urlaub«, gab sie zu Bedenken.

Auf Alessandros Gesicht bildeten sich wieder Sorgenfalten.

Doch dann bestimmte er: »Wir werden dir neue Kleider kaufen. In der Nähe der Bucht mit dem Kiesstrand steht das alte Haus von meinem Onkel. Das mieten wir und renovieren es. Über dem Meer geht die Sonne dunkelrot unter, einen schöneren Blick gibt es nirgendwo auf der Welt und, Maria, ich habe etwas für dich.«

Er zog ein kleines, edel schimmerndes Kästchen aus der Hosentasche hervor, reichte es ihr und strahlte dabei wie ein Schatzsucher, der zum Schatzfinder befördert worden war.

Nachdem Maria das Kästchen geöffnet, die Perle herausgenommen und an ihr Herz gedrückt hatte, küssten sie sich. Sie machte sich Mut: Trau dich, Maria, versuch es wenigstens, vergiss die Zeit.

Ein Stück Stoff hatte sich von ihrem Kleid gelöst. Sie steckte es in die Brusttasche von Alessandros Jackett und zupfte es zurecht, bis es wie ein Spitzentuch aussah.

»Mir ist warm«, sagte sie. »Du kannst es jetzt wieder anziehen.«

Das blasse Mädchen, das sich auf den Sitzen vor ihnen auf einem Rucksack zum Schlafen gelegt hatte, wachte auf, gähnte und streckte sich.

»Seid ihr auf der Hochzeitsreise?«, wollte es wissen, nachdem es Maria und Alessandro ausgiebig gemustert hatte.

»Ja, so könnte man es nennen«, antwortete Alessandro.

Was zählte es schon, dass Maria verheiratet war? Großvater hatte sie zusammengeführt. Mama würde staunen, er brachte nicht nur Geld mit – das versprochene Hochzeitsgeld von Großvater –, sondern auch eine wahre Perle!

Maria ließ ihre Hochzeitsfeier Revue passieren. Ein Konvoi von Trucks begleitete die frisch Vermählten zum Restaurant, in dem getanzt und gefeiert werden sollte. Die Fahrt im Lkw war eine Tortur für sie gewesen. Es lief ein wichtiges Fußballspiel. Ihr Mann hatte darauf bestanden, mitten im Saal eine Großbildleinwand zu installieren. Die falsche Mannschaft gewann. Er und seine Kollegen waren betrunken, bevor der erste Walzer gespielt wurde.

»Fährst du auch nach Italien?«, fragte Alessandro das Mädchen.

»Nein. In die USA.«

»Mit dem Zug?«

»Ich hole erst noch meine Mutter ab.«

»Du fliegst mit deiner Mutter nach Amerika? Freust du dich auf die Ferien?«

»Sie ist krank. Sie kommt in eine Spezialklinik.«

»Das tut mir leid«, sagte Maria.

»Ist schon gut.«

»Das kostet sicherlich eine Menge Geld.« Alessandro fasste sich automatisch an die Hosentasche.

»Ja.«

Nach einer Weile fuhr das Mädchen fort, als wenn es sich erklären müsste: »Mein Vater hat mir das Geld dafür gegeben. Sie sind geschieden.«

»Das ist sehr großzügig von ihm«, sagte Maria. »Es ist gut, wenn sich Menschen unterstützen, obwohl sie sich nicht mehr lieben, nicht mehr wirklich lieben, meine ich. Dein Vater ist nicht nur ein wohlhabender, sondern auch ein guter Mensch.«

»Er hat es mir sofort gegeben. Alles was er hatte. Noch hatte. Er hat mit Aktien spekuliert und leider viel verloren.«

»Und jetzt hat er selbst kein Geld mehr?«, erkundigte sich Alessandro.

»Ich habe ihm die Hälfte dagelassen. Versteckt. Er hätte es nicht angenommen. Er kann ein ziemlicher Dickkopf sein.«

Was für Geschichten das Leben schreibt, ist es nicht seltsam, nicht wunderbar, dachte Alessandro.

Das Mädchen hat eine rege Phantasie, dachte Maria. Wie kann man nur auf so eine Geschichte kommen?

»Hoffentlich hast du es nicht zu gut versteckt? Damit er es auch findet.«

»Er hat ein Spezial-Versteck. Hinter der Badewanne. Für Geld. Und Bierflaschen. Da wir bald umziehen, habe ich ihm auch meine neue Telefonnummer aufgeschrieben. Er wird ab und zu meine Hilfe gebrauchen können.«

Der nächste Halt wurde durchgesagt. Das Mädchen nahm seinen Rucksack und machte sich auf den Weg.

Maria war wieder müde geworden und Alessandro nachdenklich.

Nach einer Weile fragte er sie: »Wirst du mit mir schwimmen gehen?«

»Ich bin noch nie im Meer schwimmen gewesen«, gab sie zu. »Wenn wir uns an die Hand nehmen ...«

»Das Haus von meinem Onkel, möchtest du es mit mir anschauen? Gleich morgen.«

»Ja, das möchte ich.«

Marias Hand lag auf Alessandros Oberschenkel. In der anderen hielt sie die Perle.

Maria lächelte. Kurz bevor Pietro gestorben war, hatte er sie ermahnt: »Eine Perle ist nicht dazu bestimmt, ihr ganzes Leben im Verborgenen zu verbringen. Sie wartet nicht, bis sie endlich entdeckt wird. Sie strahlt ihr Licht hinaus in die Welt.«

Alessandro hörte das Rauschen der Wellen. Dabei war es der Zug, der sein gleichmäßiges Lied sang, durch Tunnel tauchte, Brücken überquerte und Straßen kreuzte. Leute stiegen ein und aus. Die Sonne kletterte hinter den Bergen empor. Das Meer verschmolz mit dem Himmel und funkelte mit ihr um die Wette.

ANGELINA / DAVID

Ein Mensch, der aus unruhigem Schlaf erwacht, hat mit diffusen Gefühlen zu kämpfen. Vor allem, wenn er allein im Bett liegt und in seiner Erinnerung mit einem anderen Menschen an seiner Seite eingeschlafen ist – und besonders, wenn er sich sicher ist, dass die betreffende Person auf und davon ist.

Angelina hatte schlecht geträumt. Von einstürzenden Gebäuden und einem Heer von Gesichtslosen, von Gewalt und Ohnmacht, von Einöde und Isolation. Zehn, zwanzig Minuten betrachtete sie reglos das zerknitterte Laken, auf dem ein Sonnenstrahl ruhte, anstelle von David.

Sie lauschte in die Stille, nach der sie sich so gesehnt hatte. Doch diese Stille war klebrig wie der Kater nach einer durchzechten Nacht, war lautlos, wie das Schweigen nach einem Streit.

Angelina zog die Jalousien hoch, kniff die Augen zusammen und öffnete das Fenster so weit wie möglich. Was für ein strahlender, blauer Himmel! Der warme Wind und die heiße Sonne auf ihrer Haut, auf der sich das Muster des Lakens abzeichnete – und schon fühlte sie sich ein wenig leichter.

Sie schlüpfte in den Bademantel, den aus Seide, und wollte schon in die Küche abbiegen, als sie die geöffneten Balkontüren sah und im Gegenlicht eine Silhouette, die sich auf sie zubewegte. David umfasste zaghaft ihre Hüften.

»Bist du überrascht?«, fragte er.

Ja, das war sie.

»Du bist so groß, heute Morgen.«

»Oh, ich konnte mich in der Nacht mal wieder richtig ausstrecken«, lachte er.

David lachte, und da Angelina sich schnell anstecken ließ, lachte sie ebenfalls.

»Wann hast du das letzte Mal auf dem Balkon gefrühstückt?« Er führte sie nach draußen, ohne auf eine Antwort zu warten.

»Ich bin noch nicht ganz wach, David, ich würde mich gern erst ...»

»Setz dich!», forderte er sie auf. »Sieh dir das an. Da habe ich doch glatt vier Croissants geholt. Naja.»

»Ich sehe sicherlich aus wie das Laken», meinte Angelina, die noch etwas durcheinander war und sich lieber erst zurecht gemacht hätte und die hellen Abdrücke auf ihren Armen betrachtete, die langsam wieder Farbe annahmen.

»Du kannst dich sehr gut ohne Schminke sehen lassen», schmeichelte ihr David, »und so temperamentvoll gefällt mir deine Frisur noch besser.»

Angelina betastete die Beule am Kopf, ordnete ihre Haare, die sich widerspenstig kräuselten und schenkte sich Kaffee ein.

David hatte sich das Hemd ausgezogen. Er war schlank und hatte muskulöse Arme. Seine Hände mochte sie besonders. Es war schön, von ihnen berührt zu werden.

»Der Sommer ist da!», jubelte er. »Darauf hätte ich keinen Cent mehr gewettet. Und hörst du die Autos? Siehst du sie? Schau hinunter!»

Aber Angelina sah nach oben. Zum Flugzeug.

David heftete seinen Blick auf ein Brötchen, das er umständlich zerteilte, und schob hier und da etwas hin und her, wie ein Kellner, der penibel den Tisch für die Gäste vorbereitet.

»Es kommt auf ein paar Tage nicht an», verriet er ihr. »Ich finde, dass wir keinen schlechten Anfang gemacht haben. Dafür, dass wir uns kaum kennen. Wenn es klappt, dann können wir einfach mal schauen. Wenn nicht, dann ...»

David kam nicht dazu, seine Ausführungen zu vollenden. Angelina hatte den Tisch verlassen.

Warum, warum, warum? Warum fällst du immer wieder darauf herein? Sie war wütend auf David. Wütend, wütend, *wütend!* Und auch wütend auf sich selbst. Auf alles Mögliche! Sie weinte. Und sie musste doch längst unterwegs sein, war schon viel zu spät dran.

Das Problem war, dass er ihr nicht gleichgültig war. Das Problem war, dass sie ihn mochte. Das größte Problem war, dass sie sich in ihn verliebt hatte.

Nachdem Angelina sich beruhigt, angezogen und geschminkt hatte, und bevor sie die Treppe hinunterhetzte, stellte sie David, der, seinem entgeisterten Gesichtsausdruck zufolge, nicht dahinterkam, was eigentlich los war, ein Ultimatum: »Gegen fünf bin ich zurück. Entscheide dich bis dahin! Ich brauche einen Mann, der mir gut tut. Keinen, der auf der Bettkante sitzt. Keinen, der auf dem Sprung ist.«

Niemand konnte behaupten, er hätte den Eindruck erwecken wollen, eine Frau zu verstehen, er hätte vorgegeben, dass er eine Frau glücklich machen wollte. Dass er dazu imstande sei. Sah sie denn nicht, wie er sich bemühte? Um *sie* bemühte! Die letzten Tage waren eine einzige Bemühung gewesen!

Seine Tochter hatte sich davongemacht. Und die vergangenen fünfzehn Jahre waren sinnlos geworden. Trotzdem gab es ihn noch, diesen Traum, diesen verdammten Traum und die Scheine in seiner Tasche und die Möglichkeit, den ersten Schritt zu tun ... Warum wollte sie auf einmal, dass er sich entscheidet? Sofort entscheidet? Wer hatte dieses bescheuerte Alles-odernichts-Prinzip erfunden? Der Tag hatte so gut begonnen. Jeder Mann würde kapieren, dass er Zeit brauchte. Jeder Mann!

Angelinas Abgang machte ihm zu schaffen. Mehr als ihm lieb war. Musste immer alles so kompliziert sein? Reichte es nicht, dass er Nicole vermisste?

Es folgte eine Zeitspanne, die David entglitt – eine Minute, eine Stunde, drei Stunden? Zeitlupe oder Zeitraffer? –, in der er an nichts dachte und vor sich hin starrte.

Dann nahm er den Bus, nicht das Taxi.

Die Frau am Last-Minute-Schalter machte tausend Sachen auf einmal und fertigte ihn nebenbei ab. One way, bestellte er, one way. Ein Ticket. Nur *ein* Ticket! Gate neun, sagte sie, neun!

David genehmigte sich einen Whisky und beobachtete die Leute, die sich benahmen wie Schafe, wenn die Hütte brennt. Wer nichts in sich hineinstopfte und -schüttete oder pinkeln ging, versorgte sich mit Not-Rationen an Zigaretten und Parfum.

Sein Flug wurde aufgerufen. Er reihte sich ein.

Die Maschine hob ab. Mit einer widerlichen Leichtigkeit, mit einer arroganten Selbstverständlichkeit.

Angelina hatte ihre Wut dazu benutzt, um einen Schlussstrich zu ziehen. »Ich brauche einen Job, der mir gut tut! Macht euren widerlichen Mist ohne mich», hatte sie ihnen entgegengeschleudert, auf dem Absatz kehrtgemacht und die Gemeinheiten von sich abtropfen lassen, die sie ihr hinterherbrüllten.

Zuerst hatte sie noch am ganzen Leib gezittert, doch gleich darauf wurde sie von einem Gefühl der Freiheit überwältigt.

Sie kaufte eine Flasche Champagner und voller Zuversicht, nahezu euphorisch betrat sie die Wohnung.

David, rief sie, David?

Das Telefon klingelte. Sie nahm ab.

»Angelina-Baby.»

»Georg.»

Angelina sah sich um.

»Scheiße, ich musste deine Stimme hören.»

Davids Mantel hing nicht an der Garderobe ...

»Ich hab kaum geschlafen. Seit der Geschichte.«
... seine Reisetasche stand nicht mehr neben dem Sessel ...
»Angelina-Baby, hörst du mir zu?«
... sein Hausschlüssel lag auf dem Tisch.
»Angelina-Baby, was ist los?«
»Ich verstehe dich, Georg.«
»Was ist mit dir?«
»Ich war gerade abgelenkt. Entschuldige.«
»Können wir uns sehen?«, bat Georg.
»Nein. Doch, natürlich. Nur nicht mehr heute. Morgen. Besser übermorgen.«
»Scheiße, da ist doch was nicht in Ordnung. Angelina-Baby!«
»Georg, ich bin für dich da. Übermorgen. Vorher geht es nicht. Nur im Notfall.«
»Gut, ich komm vorbei, ja?«
»Ja, bis dann. Bis dann.«
Im Badezimmer, in der Küche, im Schlafzimmer – nichts, nicht mal eine Nachricht, nichts.
Angelina entkorkte den Champagner und nahm einen großen Schluck aus der Flasche. Und gleich noch einen.
Als es an der Tür klingelte, raffte sie sich mit schweren Beinen auf. Bestimmt Georg. Er sollte doch heute nicht mehr kommen.
Es war nicht Georg.
Noch bevor sie die Türklinke loslassen konnte, hob David Angelina hoch und drückte sie an sich. Er hängte seinen Mantel an die Garderobe und bedeutete ihr, auf die Flasche in ihrer Hand schauend, ihm einen Schluck zu geben.
Angelina reichte ihm die Flasche.
»Ich bin ein bisschen betrunken«, gab sie zu. »Wo kommst du her? Verdammt noch mal, wo kommst du her?«
»Ich musste mir über etwas klar werden.«

»Wo hast du deine Reisetasche gelassen?»
»Die fliegt in den Süden. Sie ließ sich nicht mehr aufhalten.»
»Möchtest du dich setzen?»
»Nein, ich möchte mich legen», sagte David.
»Auf dein Bett?»
David besah sich den Sessel und schüttelte den Kopf. Angelina machte sich bereits an seinem Hemd zu schaffen.
»Eigentlich habe ich sehr schnell begriffen, dass wir zusammengehören, Angelina.»
Er hatte die Knöpfe an ihrem Kleid gefunden.
»Aha? Wann hast du das denn gemerkt?», fragte sie, während sie am Reißverschluss seiner Hose zerrte.
»Als du deine Möbel in meine leere Wohnung geräumt hast.
» ... ?«
»Ja wirklich. Als du deine Möbel in meine leere Wohnung geräumt hast ... ist etwas in mir geheilt worden.»

Später stellte David fest, dass sich sieben Muttermale auf Angelinas Rücken befanden, nicht sechs.
Angelina konnte sich keinen Reim auf die weißen Papierschnipsel in seinem Haar machen.
»Das ist Schnee von gestern», erklärte er ihr. »Manchmal dauert es Jahre, bis er schmilzt.»